W0279906

ЕВРОПЕЙСКИЙ ТРИЛЛЕР

ЗАХАРОВ

АНДРЕАС ЭШБАХ

ЭКСПОНЕНЦИАЛЬНЫЙ ДРЕЙФ

ЗАХАРОВ
МОСКВА

УДК 830-31
ББК 84.4Нем
Э98

Andreas Eschbach
EXPONENTIAL DRIFT

Эшбах А.
Э98 Экспоненциальный дрейф : роман / Анреас Эшбах ; [пер. с нем. Е.Пензина]. — М. : «Захаров», 2008. — 176 с. — (Европейский триллер).
ISBN 978-5-8159-0885-7

УДК 830-31
ББК 84.4Нем

ISBN 978-5-8159-0885-7

© Andreas Eschbach, 2003
by Verlagsgruppe Lübbe GmbH & Co.KG, Bergisch Gladbach
© Пензин Е., перевод, 2007
© «Захаров», 2008

Вступление

Я отниму у вас, дорогой читатель, всего пять минут и сразу попрощаюсь. Я остаюсь здесь, а вы сейчас отправитесь в путь. Занимайте места. Вы уже в одном шаге от завораживающего путешествия. Вы приобрели эту книгу, потому что желаете перенестись в другой мир. Сейчас Андреас Эшбах возьмет под контроль вас, ваше пространство и ваше время.

Позвольте мне сказать: я не знаю ни одного другого современного писателя, который смог бы быстрее достичь своей цели. Забудьте всё, что вы читали о хорошей и плохой литературе. Дело не в том, что хорошо и что плохо, а в том, куда и как быстро вы попадете вместе с этой книгой. Я вам гарантирую: вы о таком и не мечтали! Эта книга — средство передвижения, которое заставит вас затаить дыхание, а волшебство авторской фантазии перенесет вас в состояние невесомости.

Андреас Эшбах — исключительное явление в немецкой литературе. Он действительно рассказчик, который не будет ни поучать, ни запугивать. И уж точно не станет надоедать. Эшбах хочет развлечь, он притягивает к себе и больше не отпускает. Он — рассказчик, который находит заурядное в необычном и необычное в заурядном.

Его читатели знают об этом давно. Те, кто не знали, убедились, прочитав «Экспоненциальный дрейф». Этот роман с продолжением печатался во вновь созданной газете “Frankfurter Allgemeinen Sonntagszeitung” и из недели в неделю завораживал своих читателей. Один захватывающий сюжет сменял другой, и, наверное, сам автор точно не знал, куда эта история его приведет.

Это я предложил Андреасу Эшбаху написать такой «роман с продолжением», как писали до него Чарльз Диккенс, Марк Твен и Стивен Кинг. Предложил потому, что его книга «Видео Иисус» произвела на меня большое впечатление, и потому, что считал Эшбаха способным к такому масштабному эксперименту. Эшбах сидел в моем кабинете, и не прошло и пяти минут, как он согласился. Результат этого необычного договора перед вами. Начинайте читать, и вы станете свидетелем чуда ускорения. Эшбах прогонит ночь, и вы не успеете заметить, как взойдет солнце над миром, который стал иным...

Издатель Франк Ширрмахер

Глава первая

— ...И что вы предлагаете? Заморить его голодом?

— Я же говорил об окончании лечения, а не...

Светло-серая стена слегка поблескивает от неоновых ламп. Матовое стекло в оконной раме совсем темное, только по верхнему краю — тонкая светлая полоса. Перед ним кровать, на ней полулежит молодой человек в красной футболке. Руки прижаты к груди, стеклянный взгляд устремлен в пустоту. Запах больницы.

— ...И давно он так?

— Четыре года...

Слова, которые проскакивают мимо. Их осознают, и они пропадают в никуда. Понятия, которые появляются сами по себе, чтобы дать всему свое название и привести все в порядок. Оставалась только срочность. Надо было что-то сделать, совершить. Чего бы это ни стоило.

— ...По всей вероятности, он больше не проснется...

Лица, которые склоняются над ним. Фигуры, загородившие пациента в красной футболке. Стетоскоп, болтающийся на груди человека в белом халате. Яркий свет. Тепло.

— ...А разве можно оправдать такие огромные расходы?

Сопротивление. Смутные воспоминания. Определенность. Обратного пути нет. Но куда? Нет, обратно нельзя ни в коем случае. Нужно перешагнуть через пропасть. Это всего один шаг. Ничего страшного. Тело, в которое надо проникнуть, — как рука в перчатку.

Конечно, телевизионщики нарушали режим дня и срывали весьма плотный график. Юрген Ребер наблюдал за тем, как они прокладывали кабель, устанавливали штативы и прожекторы и по несколько раз смотрели сквозь визиры своих видеокамер. Он даже и не подозревал, сколько труда требуется, чтобы создать минутный телесюжет для вечерних новостей.

— Давайте начнем, доктор Ребер? — предложил репортер, мужчина с покрасневшими глазами и некрасивым родимым пятном на лице. — Встаньте рядом с кроватью и положите руку ему на плечо... да... так... отлично... Торстен? — обратился он к оператору.

Тот присел на корточки и установил объектив. Ассистент поправил кусок полотна перед одним из прожекторов. Ребер даже ожидал, что кто-нибудь подойдет и смахнет пот с его лица. Но, очевидно, его внешность никого не интересовала.

— И смотрите на меня, а не в камеру! — Над объективом загорелась красная лампочка. — Поехали!

Ребер кивнул. Ему казалось, что он производит впечатление скованного и недружелюбного человека.

— Данный пациент перенес инсульт в мае 1998 года. К сожалению, это произошло в самолете при посадке, — начал он и откашлялся. Ничего, они потом вырежут это из кадра. — Следовательно, реанимационные мероприятия не были проведены вовремя. Его удалось спасти, но с тех пор он находится в состоянии бодрствующей комы.

Специально для съемки молодого человека побрили. Его глаза были широко открыты, а худощавое лицо повернуто в сторону окна. И никак нельзя было догадаться, понимает ли он, что происходит вокруг него.

— Значит, уже четыре года! Я слышал, что пациенты, которые находятся в коматозном состоянии более двух месяцев, как правило, не поправляются...

Ребер окинул взглядом репортера, в выражении лица которого появилось нечто темное и агрессивное.

— Да. Чем дольше пациент находится в коматозном состоянии, тем меньше его шансы на выздоровление, — осторожно ответил доктор. — Тем не менее известно немало случаев, когда больные внезапно выходили из вегетативного состояния через несколько лет или даже десятилетий. В принципе, даже больной с аноксией мозга может прийти в сознание в любую минуту.

— Вы уже были свидетелем таких случаев?

— Нет, к сожалению, нет.

Репортер понимающе кивнул.

— А в какую сумму обходится уход за больным в коме?

Ребер внезапно стал догадываться, откуда дует ветер. Журналисты хотели представить деятельность клиники как пустую трату денег.

— Пациенты в вегетативном состоянии — тяжелобольные! — Он чувствовал, как его охватывает гнев, но надо было держать себя в руках до тех пор, пока камера направлена на него. — Правильный уход за ними сложен и потому дорогостоящ. Но если сравнить все это с другими тратами нашего общества, то...

— Вы не могли бы уточнить ежемесячную сумму затрат? — перебил репортер.

Ребер перевел дыхание, прежде чем ответить.

— В зависимости от тяжести случая — от десяти до сорока тысяч марок.

— Другими словами, содержание только этого пациента поглотило от четверти до одного миллиона марок!

«Не может быть, чтобы он так быстро высчитал эту сумму!» — подумал Ребер.

— При трех тысячах новых коматозных пациентов в год эта сумма достигает сотен миллионов. Исходя из таких масштабов, не закономерно ли задуматься о сокращении сроков лечения пациентов, находящихся в данном состоянии, как это уже делается в Швейцарии, Англии и Нидерландах? — хладнокровно размышлял репортер.

Ребер почувствовал, как напрягся его подбородок.

— С медицинской точки зрения, это некорректно. Все равно что дать пациенту умереть с голоду. По-моему, это эвтаназия.

— Но разве эти расходы оправданны? Все лишь для того, чтобы сохранить жизнь без сознания?

В знак протеста Ребер поднял руку. Он чувствовал, как в нем закипает гнев. Хотелось взять плетку и с ее помощью выгнать этих телевизионщиков вон из палаты.

— Пациенты в вегетативном состоянии — не безнадежные больные, не умирающие и вовсе не больные, у которых наступила аноксия мозга, — произнес он дрожащим голосом. — Это живые люди, которым нужна наша помощь, как и другим тяжелобольным. Они случайно потеряли сознание, но ведь его нет и у грудного ребенка.

Ребер был так взбешен, что не заметил неуловимое движение плеча пациента под своей левой рукой.

— Хорошо, другой вопрос, — протянул репортер. Повидимому, он только начал формулировать свою мысль.

В этот момент опять дернулось плечо. Казалось, что кто-то хочет сбросить вспотевшую руку врача. Ребер развернулся. Этого не может быть! Внезапное пробуждение перед включенной камерой — такого еще никогда не было. Это сверх всяких ожиданий!

— Что такое?.. — начал было репортер, но Ребер прервал его:

— Ради бога, не выключайте камеру!

Зрелище захватывало дух. Доктор пытался понять, что происходит, но это было непостижимо. Словно по волшебству, в пустых, остекленевших глазах из какого-то неосязаемого измерения начинали зарождаться душа и сознание. Наверное, так же Бог вдохнул душу в Адама. В такой момент начинаешь верить во Всевышнего.

Так же внезапно, как включают свет, человек ожил. Глаза его наполнились жизнью. Как будто кто-то вернулся домой.

Его язык боролся с сухостью во рту, губы шевелились. Он оглядывал яркие лампы, журналистов и неуверенными, неуклюжими движениями ощупывал одеяло.

— Мвоааа... — вырвалось из горла, которое молчало четыре года.

Грудная клетка дрожала от напряжения.

Ребер дотронулся до руки молодого человека и погладил ее, внезапно засомневавшись в правильности своих действий.

— Все в порядке, — прошептал он. — Вас никто не тронет.

Голова больного резко дернулась, ужасающий взгляд сосредоточился на докторе. Горло и рот старались придать форму звукам, и казалось, будто пациент точно знает, что хочет сказать. У него получилось лишь что-то гортанное, похожее на «ммуа-де-хи».

И вдруг Ребер почувствовал, что его ноги стали ватными. Он опустился на колени перед койкой, и у него возникло странное желание расплакаться. Ребер дотянулся до звонка, чтобы позвать медсестру. После чего, не вставая — а этого он бы и не смог, — через плечо посмотрел на репортера.

— Надеюсь, вы понимаете, что сняли сенсационный материал? — Он взглянул на осветительные приборы. — Но теперь их пора выключать.

Глава вторая

В странно пустых для этого времени дня коридорах можно было четко услышать гул быстро приближающихся шагов. Серый, тусклый свет дождливого дня обесцвечивал стены больницы и висящие на них картины. Это была та часть клиники, которую не фотографируют для рекламных проспектов: старания архитекторов сделать здание уютным были намного успешнее в других его частях.

В коридоре съемочная группа собралась вокруг репортера, который от нетерпения дергал ногой. Один из осветителей поглядывал на часы и бормотал что-то о свидании с девушкой. Он попросил у оператора сотовый телефон и быстро скрылся за углом.

Доктор Ребер невольно посмотрел ему вслед. Все заботы этих людей казались ему смехотворными. Стоять с ними — просто потому, что они изображали из себя очень важных персон, — было пустой тратой времени.

Наконец появился слегка запыхавшийся человек — директор клиники. Он пожал репортеру руку.

— Вы господин Шпехт? Меня зовут Лембек. Мы с вами общались по телефону. — Он мельком кивнул остальной группе. — Что случилось?

— Тот пациент, о котором вы говорили, что он никогда не поправится, внезапно вышел из комы, — произнес репортер с обвиняющей интонацией.

— Господин Абель? — опешил Лембек и уставился на Ребера. — Это правда?

Ребер гневно кивнул.

— Спонтанный выход из вегетативного состояния спустя более чем четыре года, — пояснил он. — Все на пленке у господина Шпехта. Один из случаев, которые, по вашему мнению, всего лишь медицинские выдумки.

— Я так никогда не говорил, — возразил директор.

— Но имели в виду.

— Давайте не будем искажать мои слова. Я говорил, что необходимо учитывать соотношение между издержками и приносимой пользой, и готов отстаивать свое мнение, вне зависимости от того, что произошло с господином Абелем.

— А вот и человек с камерой рядом. Он наверняка будет рад вашим рассуждениям о цене человеческой жизни, — ядовито заметил Ребер.

— Дай вам волю, и вы довели бы медицинский прогресс до такой стадии, когда половина населения находилась бы в коматозном состоянии, а другая только и занималась бы уходом за первой! — разозлившись, съязвил Лембек и направился в сторону палаты № 62. — И вообще, я хочу увидеть это своими собственными глазами, — заявил он, исчезая за дверью.

Репортер снисходительно посмотрел на Ребера.

— Вы часто ссоритесь, не правда ли?

— Лембек — бизнесмен, — ответил Ребер. Он почти выплюнул это слово, и сделал это нарочно.

Лембек вернулся обратно. Он долгие годы заведовал машиностроительной компанией и на старости лет неожиданно был избран председателем фонда клиники. Его явно потрясло увиденное.

— Ведь пациент полностью вернулся к жизни, — сказал Лембек. — Я думал, вы имеете в виду, что он подавал какие-нибудь знаки.

— Нет, он самостоятельно установил контакт, дотронулся до меня и заговорил со мной, — объяснил Ребер. — Конечно, его коммуникативные функции еще не восстановились, но все-таки он прямо на глазах приходит в себя. И поэтому, — добавил он, — я в данный момент должен находиться с медсестрой у пациента.

— А нам необходимо вернуться в палату и продолжить съемку, — перебил телевизионщик. Он показал пальцем на Лембека. — Естественно, мы будем придерживаться указаний специалистов, но, так или иначе, мы просто обязаны воспользоваться случаем и зафиксировать это событие. Столь сенсационный материал можно будет использовать в научных программах или в одной из передач общесоциального характера...

Лембек отступил на шаг назад.

— И что вам мешает это сделать?

— Главврач отделения не дает своего согласия.

Директор неохотно посмотрел на Ребера.

— Доктор, можно вас на минуточку?

Лембек взял Ребера под руку и потянул к окну, чтобы телевизионщики не смогли их услышать.

— А я все-таки считал вас умным человеком, — сказал он вполголоса. — Думал, что вы воспользуетесь настолько выгодным для вас случаем. Человек выходит из коматозного состояния, рядом съемочная группа, готовая сделать из этого сенсацию, — и вы собираетесь упустить этот шанс?

— Это несанкционированное вмешательство в его личную жизнь. И в данный момент невозможно сказать, насколько это опасно для пациента.

Лембек тяжело вздохнул и помассировал нос.

— Я не думал, что именно вам надо будет напоминать о катастрофическом положении пациентов с тяжелыми травмами мозга. Что бо́льшую часть пациентов с аноксией мозга уже через пару недель переводят в дома инвалидов, сотрудники которых сами не считают себя достаточно квалифицированными для ухода за такими больными.

Ребер с удивлением смотрел на директора клиники.

— Ведь это все *мои* доводы?..

— Может быть, я все-таки не такое чудовище, за которое вы меня принимаете, — сказал Лембек, развернулся к съемочной группе и почти крикнул: — Доктор Ребер несет ответственность за пациента и будет сам принимать решение.

Глава третья

Вот они и вернулись. Люди. Свет. Он нашел подходящее слово — «прожекторы». Темный объектив камеры, который старательно исследовал его. Наверное, произошло нечто знаменательное, если все так старались из-за него.

Пальцы перед его лицом. Сколько? Он искал нужное слово. «Три». Подчинялся. Следовал за движением руки глазами. Казалось, что они были довольны. Спрашивали что-то про его имя, но он не понял, что они имели в виду. «Как зовут бундесканцлера?» — спросил один из них.

Он вспомнил слово:

— Бундесканцлергельмутколь.

— Герхард Шрёдер, — засмеялись они. — Но ничего страшного.

Выстраивался мир из слов, которые он получал из тумана. Он лежал на кровати. Мужчина в белом халате — это врач. Неприятное ощущение удалось переделать в вопрос.

— Что произошло? — спросил он, и они почти вышли из себя от возбуждения.

Наконец-то к нему обратился врач, но все его слова расщеплялись, разваливались, растворялись. «Кровоизлияние в мозг... четыре года назад... вегетативное состояние». Он ничего не понимал. Остался лишь неопределенный страх, понимание того, что ему крупно не повезло.

Он чувствовал дрожь. Сердце. Сердце билось. Страх. Он не должен засыпать. Должен осмыслить все события, понять, что произошло. Где он? Ему казалось, что когда-то он знал это. Было слово — нет, выражение, из которого он должен составить это слово. И он старался изо всех сил, чтобы найти его. А эти бесчисленные глаза смотрели на него и ничего не понимали.

Сердце бешено колотилось, его сердце. Во рту все пересохло и болело. Кто-то подал ему предмет — стакан, пластиковый, с отверстием для питья. Он выпил. Вода. Нет, чай. Стало хорошо.

— Я думаю, на сегодня хватит, — сказал мужчина в белом халате. Он врач. — Ему нужен покой.

Мужчина в черной куртке что-то ответил. Казалось, что он недоволен. Но свет потух, и исчезли все, кроме одной девушки с белокурыми кудрями и румяными щеками, которую он видел здесь и до этого. Она присела на стул рядом с ним и улыбнулась.

***

Было очень странно сидеть напротив человека, за которым она ухаживала годами и в котором ни разу не замечала ни малейшего признака жизни. Видеть, как он двигается и говорит. Для Ирэны Кочич это было похоже на детскую мечту, в которой любимая кукла оживала. Она никогда в такое не верила, но это произошло.

Интересно, он помнит что-нибудь из того времени, когда находился в коме? Знает, кто она такая и что заботилась о нем? Такое случалось. По крайней мере, она читала об этом.

Возможно, он и узнал ее, но не подал виду. Если, конечно, не считать признаком узнавания то, что он не возражал против ее присутствия. Спинка кровати была поднята, под больным лежало пять подушек, а он сидел и разглядывал свою правую руку: медленно поворачивал ее и рассматривал со всех сторон. Его пальцы дрожали, и движения были неуклюжими, но уже получалось лучше, чем раньше.

Внимание пациента привлекло золотое кольцо у него на безымянном пальце.

— Что это такое? — спросил он.

— Ваше обручальное кольцо, — ответила Ирэна.

— Что это значит? — хотел узнать он, но что-то в нем нашло ответ. — Я женат. Ведь так? У меня есть... жена.

Она кивнула.

— Да. Она придет завтра. — Заметив изумленное выражение в его глазах, Ирэна Кочич переспросила: — Вы помните свою жену, господин Абель?

— Нет, — сказал он, покачал головой и сразу поправил себя: — Да, я все-таки помню. Просто... — Он зажмурился и провел языком по губам. — Это мое имя? Абель?

— Да. Бернхард Абель.

На его лице появилось выражение ужаса. Он пристально смотрел в одну точку в изножье кровати, но не так, будто видел там нечто конкретное, — скорее всего, он мог бы смотреть в любую другую точку в этом помещении, — а как будто услышанное не давало ему покоя. Несколько жутких секунд она боялась, что опять потеряет его, что он вновь попадет в мрачную темницу, в которой провел последние четыре года. Но наконец он моргнул и тяжело выдохнул.

— Абель, — повторил он.

— Именно так.

Он посмотрел на нее.

— Это... странно, — он искал подходящие слова. — Что-то не удалось.

В том, как он это сказал, было что-то зловещее. Ирэне Кочич стало неприятно и захотелось прогнать недоброе предчувствие.

— Почему вы думаете, будто что-то не удалось? — спросила она.

— Потому что я уверен: это не мое имя, — сказал он. — Я не Бернхард Абель.

Глава четвертая

— Я думал, что твой муж бросил тебя.

— В принципе, он так и поступил.

— Ну уж извини. Перенести инсульт и впасть в кому — не то же самое, что бросить жену.

Эвелин Абель опустила солнцезащитный козырек и посмотрелась в маленькое зеркальце в нем. В десятый раз с тех пор, как они остановились.

— Для меня это не играло роли.

— Ты должна была сказать мне об этом.

Она откинула козырек обратно и взглянула на вцепившегося в руль Вольфганга. Его подбородок слегка дрожал.

— Пойми, я просто не хотела больше о нем думать. — Эвелин глубоко вздохнула. — Сначала они обнадеживали меня. Пару недель, — говорили они. Потом недели превратились в месяцы, а я все ждала. В конце концов один врач объяснил мне, что Бернхард, скорее всего, не проснется, если пролежит в коме больше года. И даже если проснется, то наверняка будет умственно отсталым. Я более чем уверена, что Бернхард возненавидел бы такое состояние, и подумала: наверное, лучше так, как есть. Лучше пусть он останется в таком состоянии и когда-нибудь умрет.

Вольфганг с ужасом взглянул на нее.

— Ни фига себе! — пробормотал он каким-то сдавленным голосом. — Я думал, если человек впадает в кому... то его в любом случае как-то спасают...

— Вот-вот. Но ты неправ. Они способны на многое, но далеко не всегда действительно знают, что делать в такой ситуации. Они даже не могут предсказать, придет ли пациент в сознание или нет. В первый год я как будто бы поступила на медицинский факультет. *Вегетативное состояние, аноксия мозга, ЦНС.* Я сидела у его кровати и читала ему его компьютерные журналы. Их не переставали присылать, так как я не могла заставить себя отказаться от них. Медицина и вправду способна на многое, только и сто́ит это, соответственно, дорого. — Она поправила прическу. — Я чуть в обморок не упала, когда пришел счет.

— А разве он не был застрахован?

— Ну да, конечно. Безумно дорогая частная страховка, но они его быстро объявили неизлечимо больным и стали оплачивать лишь уход за ним. А это гроши! — В голосе Эвелин чувствовалась дрожь, что-то между порывом гнева и отчаянием. — Ты знаешь, я ведь не всегда жила в дешевой трехкомнатной квартире в доме у шоссе и работала в парфюмерном магазине. Бернхард неплохо зарабатывал. Он был компьютерным специалистом и ездил по всему миру — в Саудовскую Аравию, Японию, США. Первым делом я продала его «Мерседес». Машины быстро падают в цене. Этих денег как раз хватило, пока я искала покупателя на наши апартаменты в Аликанте. Я всегда надеялась, что хоть дом останется. — Она выдохнула, и дрожь в ее голосе перестала быть заметной. — Потом я была вынуждена продать бо́льшую часть мебели: на шестидесяти шести квадратных метрах ведь все не уместишь. — Чтобы не разрыдаться, она прикрыла рот кулаком. — И вот сейчас, когда кончились последние деньги, он вдруг приходит в себя!

Некоторое время царила тишина. Было слышно, как работает двигатель. Вольфганг с тревогой посмотрел на Эвелин.

— Мне приходить сегодня вечером? — спросил он. — Или все?

Она опустила взгляд на свои руки и внимательно посмотрела на тонкое кольцо с бриллиантом, которое ей подарил Бернхард, когда у них родилась Тереза. Сегодня она надела его впервые с тех пор, как распрощалась с их домом. Тогда же она в последний раз приходила в больницу. Эвелин оплачивала все счета — эти умопомрачительные суммы — и, несмотря на угрызения совести, надеялась, что ее муж умрет до того, как кончатся все деньги.

— Я сейчас зайду туда, — произнесла она с нехорошим предчувствием, — и скажу ему, что подаю на развод.

Глава пятая

Она стояла перед дорожкой, выложенной серой плиткой, по которой ходила так долго и на которой так давно уже не была. Все выглядело по-старому. Как и тогда, печальное здание клиники выделялось на фоне окружающих его особняков, потонувших в деревьях и кустах, и Эвелин Абель казалось, что долгие годы ее самостоятельной жизни были всего лишь сном.

Она сделала первый шаг, потом еще один и еще один, пока не дошла до главного входа. Раздвижная дверь открылась с характерным стоном, который Эвелин могла распознать среди всех других звуков этого мира. На мгновение уличный аромат цветов смешался с запахом больницы и зловонием дезинфицирующих средств и испарений человеческих тел, и она почувствовала, что возвращается назад. В то время, когда ее жизнь была в беспорядке, но полна надежды.

«Сегодня как раз все наоборот», — призналась она себе с чувством острой боли.

Она смогла бы пройти тут и с завязанными глазами. Мимо приемной, через застекленный коридор в низкий флигель, который, несмотря на желтые стены, был похож на тюрьму. Отделение «С1». Здесь было так же тихо, как и тогда, когда она приходила, чтобы поговорить с Бернхардом, дотронуться до него, проделать с ним странные манипуляции под руководством санитаров. Она накладывала шины ему на ноги и с помощью персонала поднимала его, или осторожно, пальцем, открывала ему рот и дотрагивалась до десен, языка и внутренних сторон щек. Тогда Эвелин не призналась в этом даже себе, но ей казалось, что она возится с трупом. Забота о бездушном теле. Это постоянно преследовало ее в снах, но она считала:

рассказать кому-нибудь о том, что ее мучит, — предательство.

Заведующим отделением по-прежнему был доктор Ребер. Мужчина, производивший впечатление очень сдержанного человека. Он поздоровался с Эвелин за руку и не сделал ни одного намека на ее долгое отсутствие. Она опять подумала, что он больше похож на монаха, чем на врача, а его белый халат — на одеяние членов какого-нибудь странного ордена.

— Произошло чудо, — сказал он.

Эвелин кивнула.

— Я могу увидеть его? Он... реагирует на речь?

Доктор Ребер колебался.

— Я вам объяснял по телефону, что если к кому-нибудь возвращается сознание после столь длительного перерыва, то не стоит ожидать, что он сразу — как бы это сказать — умственно... — Врач попытался отделаться неопределенным движением руки. — Ваш муж переживает трудности в определении себя. Но я думаю, что со временем все образуется.

Она опять почувствовала ту боль, с которой вышла из машины.

— Можно сейчас с ним увидеться?

— Конечно. Я просто хотел предупредить вас.

— Он все еще в шестьдесят второй палате?

— Пойдемте. — Ребер прошел вперед и открыл ей дверь.

В самом начале, когда Эвелин еще не потеряла надежду, она часто представляла, как Бернхард придет в сознание и они встретятся. И вот это случилось на самом деле, и Эвелин была потрясена. Он сидел на кровати — точно такой, каким остался в ее памяти, и все же совсем другой, совершенно чужой.

— Бернхард, — позвала она.

Он посмотрел на нее и, казалось, пытался вспомнить, кто она такая. Может быть, и вправду вспоминал. Но потом все же сказал:

— Эвелин. Ты Эвелин. — Это прозвучало отстраненно, как название далекого созвездия, но, когда он произнес ее имя, ей показалось, что сердце у нее выскочит наружу.

— Да, — подтвердила она. — Меня зовут Эвелин. — Она присела на край кровати и невольно отвернулась, увидев на соседней койке юношу с пустым взглядом.

— А где Тереза? — спросил Бернхард. — Ведь у нас есть дочь, и ее зовут Тереза, не правда ли?

— Да. У нее все хорошо. Она сейчас в школе. Ты знаешь, Тереза уже ходит в школу. — Эвелин радовалась как дура из-за того, что он вспомнил их дочь.

Бернхард смотрел на нее. Его взгляд был чужим и растерянным, но это были все те же глаза, в которых она когда-то видела свое отражение. В то время, которое, наверно, уже никогда не вернется, хотя...

— Я помню, как она родилась! — Его голос казался удивленным. — И я помню, как... мы зачали ее. — Его глаза сияли. — А мы довольно часто занимались этим, да?

Эвелин засмущалась и тут же вспомнила жаркую ночь, наполненную пением цикад, ночь, когда капельки пота не высыхали на ее теле, и как его руки... Она схватила руки мужа и почувствовала, что в них течет жизнь.

— Очень часто, — прошептала она.

— Как странно думать об этом, — сказал Бернхард, словно признавая, что совершил неблаговидный поступок.

«Я получила его обратно», — вот все, о чем Эвелин могла думать. Она наклонилась и обняла мужа. И почувствовала знакомое тело, которое лишь пахло чужим мылом.

— Я должен открыть тебе одну тайну, — с неожиданной настойчивостью прошептал ей на ухо Бернхард.

— Расскажешь дома, — шепнула Эвелин в ответ.

Глава шестая

Когда он спал, все было хорошо. И какое-то время после пробуждения — тоже. Но потом он осматривался, и им овладевало чувство ужасного одиночества. Как будто он заброшен в тело другого человека. Как будто он перенял чужие воспоминания и забыл свои собственные. Чужим для него было все. Чужим настолько, что казалось — он попал сюда с другой планеты.

— Это не так уж и необычно, — успокоил лечивший его врач-невропатолог. — Я не могу сказать, что это нормально. Но вспомните о том, сколько вы пережили, господин Абель. Со временем все образуется.

— Не нахожу в этом ничего удивительного, Бернхард, — говорила его жена. — Все из-за того, что ты раньше постоянно читал научную фантастику.

Но научно-фантастических книжек уже не было. Он помнил, что в подвале стоял шкаф с раздвижными дверцами, заполненный книгами. Но ни шкафа, ни подвала уже не было. И самого дома не было, так как жена была вынуждена продать его и переехать в эту маленькую квартирку. По крайней мере, здесь Бернхард имел полное основание чувствовать себя чужим. Правда, в квартире был балкон, на котором он сидел в первой половине дня, когда Эвелин уходила на работу, а Тереза — в школу. Он сидел, смотрел вниз на бесконечный поток машин и пытался понять, что с ним произошло.

Так пролетали недели. Бернхард читал все газеты, которые мог достать. Из пары завалявшихся старых журналов узнал о том, что произошло, пока он был в коме. С недоумением прочитал о теракте во Всемирном торговом центре и был потрясен фотографиями горящих и рущащихся башен. Ведь одним из последних его воспоминаний было то, как он сидел в кафе — там, наверху, — и убивал время до отъезда в аэропорт на тот обратный рейс, в конце которого его и настиг инсульт. Это было совсем недавно — в мае 1998 года. Больше четырех лет тому назад. Годы, которые прошли без него. Космическая станция, решение о строительстве которой тогда только что было принято, уже кружит по орбите вокруг Земли, и ее якобы можно различить невооруженным взглядом. Компьютерная проблема 2000 года разрешилась без прогнозировавшегося хаоса. А новый президент США ведет войну в Афганистане.

Эвелин много работала и часто задерживалась допоздна, объясняя это переходом на евро. Еще одно изменение. Евро. Бернхард вспомнил, как спорил с коллегой по имени Ив, что евро никогда не утвердится. Но это пари он проиграл.

В те вечера, когда Эвелин возвращалась поздно, он готовил ужин для себя и дочери. Нехитрые блюда — все, что он умел. На второй вечер Тереза заявила, что раньше он этого никогда не делал.

— Чего я никогда не делал? — заинтересовался Бернхард.

— Не готовил, — пояснила девочка, хотя он всего лишь пожарил яичницу и разогрел суп из консервной банки.

— Ну и что, зато теперь готовлю, — возразил он.

В один из таких вечеров Тереза упомянула какого-то Вольфганга, «который заботился о них, пока папа был болен». Услышав об этом, Бернхард почувствовал себя настолько чужим и покинутым, что ему показалось, будто он стоит над пропастью.

После того, как Тереза ложилась спать, он выходил обратно на шумный и воняющий выхлопными газами балкон и подолгу смотрел в небо. Хотя абсолютно не смог бы объяснить, почему он это делает. Ему хотелось взглянуть на звезды, но их не было видно из-за уличных фонарей оранжевого цвета и светящихся щитов, рекламирующих пиво и страховые компании. Под его ногами медленно полз бесконечный поток темных машин с белыми и красными сигнальными фонарями. У Бернхарда возникало ощущение, что он находится в самом странном месте, которое можно себе представить.

«Кто я?» — думал он и разглядывал свои руки, держащиеся за перила балкона и казавшиеся совершенно чужими, будто их пересадили ему без его согласия. Почему он чувствует себя настолько чужим в этом теле, в этом городе, в этом мире?

Может быть, прав тот врач, и это всего лишь нарушение обмена веществ или водно-солевого обмена в головном мозге? Техническая неполадка, которая разрешится сама собой? А все то, что он чувствует, — сродни алкогольному опьянению?

Можно было пытаться убедить себя, но он не верил. Ведь если он за это время и замечал в себе какие-то изменения, они лишь все больше подтверждали подозрение, что за его чувством отчуждения скрыта страшная тайна.

***

В это время невропатологу Гану позвонил некий доктор Ребер из той самой больницы, в которой его пациент Бернхард Абель провел свыше четырех лет в коматозном состоянии и внезапно пришел в сознание, когда никто этого не ожидал. К тому же, что было совсем уж невероятно, — прямо перед камерами одной съемочной группы, которая снимала репортаж о безнадежных пациентах в вегетативном состоянии. Теперь из этого материала была сделана сенсационная передача, что и послужило причиной звонка доктора Ребера.

— Передача выйдет в эфир в следующую среду, — сообщил он. — По крайней мере, мне так сказали. Я не знаю, что вы думаете по этому поводу, но, мне кажется, будет неправильно, если господин Абель дома по телевизору увидит, как он приходил в сознание.

Доктор Ган кивнул, хотя его собеседник, конечно же, не увидел этого.

— Я с вами согласен, — произнес он и открыл свой ежедневник в компьютере. — Давайте я запишу. В следующую среду, да?

— Да. Седьмого ноября, в шесть тридцать вечера.

— В следующую среду господин Абель как раз должен прийти ко мне на прием. Я просто перенесу нашу встречу на вечер.

Глава седьмая

Арпа — было не его имя, но на работе его все так называли. Добиться этого было нелегко, и он приложил немало усилий. Но это было необходимо, чтобы усовершенствовать то равновесие, которого он уже достиг.

Арпа работал на складе, в экспедиционном отделе. Для достижения равновесия работа была подходящая. Загружая свою тележку, он точно знал, сколько весит каждая коробка и каким образом ее нужно поднять. Он затрачивал минимальные усилия, никогда не делал лишнего шага, и это изящество доставляло ему удовольствие. Равновесие. Если он его достигал, то работа походила на танец.

Его коллеги по работе не были заинтересованы в равновесии. Их интерес вызывали продолжение рода и смутная, в принципе невероятная возможность заработать столько денег, чтобы бросить свою работу. Их дни проходили скучно и вяло, они ни на что не обращали внимания, часто что-нибудь забывали, делали лишние движения и тратили свои силы впустую. А вечером жаловались на страшную усталость. Арпа знал, что они уставали из-за того, что боролись со своей работой, но никому ничего не говорил.

Он неохотно возвращался домой, потому что там ему не удавалось достичь равновесия. Для этого необходимы соратники, а их у него не было. Дома он чувствовал себя одиноким, и иногда это было так невыносимо, что он прибегал к алкоголю, чтобы заглушить боль. После чего наступали дни без равновесия, каким-то образом сближавшие его с другими, едва не делавшие из них соратников.

И эти сны — дикие, смутные, невыносимо прекрасные и полные страстного ожидания. Сны, из-за которых он просыпался в отчаянии, потому что знал, что больше не вернется в те земли, из которых они приходили. И чтобы заглушить эти сны, он смотрел телевизор.

Больше всего он любил научно-фантастические сериалы. Было очень забавно видеть, с каким глубоким детским убеждением человеческие нравы и взгляды на жизнь переносились в космос и в будущее. Как будто это так просто. Как будто не было экспоненциального дрейфа!

Другим наркотиком стали многочисленные «актуальные» репортажи. Бессмысленные сообщения о преступлениях и пожарах, сюжеты о каких-то полуголых девицах и полоумных бабках. Просмотр подобных репортажей был напрасной тратой времени, но это отвлекало, не давало места мыслям, забивало сонные телеканалы альтернативным материалом.

Так и в эту среду Арпа сидел и смотрел новости. Без единой эмоции принимал к сведению, что «Конкорд» возобновил коммерческие рейсы, а четыре тысячи солдат бундесвера собирались отправить на войну в Афганистан. В глазах телеведущих был заметен энтузиазм. Дурацкую фразу: «Исторический момент!» — повторял каждый. Они хотели жить в неуравновешенном состоянии, — это возбуждало их. Движение. Непредсказуемость. Опасность.

Арпа переключил канал. Реклама. Семейные сериалы. Он остановился на репортаже о человеке, которого случайно сняли на камеру в тот момент, когда он вышел из четырехлетней комы. Лицо человека крупным планом, его подергивающиеся веки, тяжелое дыхание и, наконец, первый звук после четырехлетнего пребывания под боком у смерти:

— Ммуа-де-хи.

Арпа замер в кресле. Он не мог поверить своим ушам, но эту часть повторили снова. Не могло быть никаких сомнений: *они снова сделали это!*

У Арпы задрожали руки. Он выключил телевизор, позвонил на телеканал и спросил, в какой больнице снимался репортаж. «Это конфиденциальная информация», — отвечали ему. Но он продолжал звонить по разным номерам, пока не попал на простодушную стажерку, которая не только сказала ему название клиники, но и сожалела, что не знала имени того мужчины. Арпа поблагодарил девушку и бросился изучать атлас автомобильных дорог. После этого позвонил своему начальнику и потребовал неделю отпуска — немедленно.

— Я только полчаса назад узнал об этом, — сказал Арпа, когда тот стал возражать. — И для меня это очень важно.

В прошлом году он не взял бóльшую часть положенного ему отпуска, поэтому компания была ему должна.

— Ах вот оно как. Понимаю. Примите мои соболезнования.

Арпа догадался: его начальник подумал, что у него в семье произошел несчастный случай, — и решил не возражать.

— На одну неделю? — продолжил начальник. — Значит, вернетесь вы... секундочку... пятнадцатого числа, правильно? Я могу на вас положиться? В четверг?

— Да. Ни в коем случае не позже, — пообещал Арпа, умолчав о том, что, если его мечты сбудутся, он больше никогда не вернется обратно.

Глава восьмая

День выдался на удивление спокойный. Доктор Ребер посмотрел на часы и решил пойти сегодня в столовую. Если она еще открыта. Он редко обедал в столовой и точно не помнил, до которого часа она работает. На доске объявлений висело лишь меню трехнедельной давности, но ничего не сообщалось о времени работы.

Незнакомый мужчина заглянул в кабинет дежурного врача.

— Доктор Ребер?

Ну да. Понятно. Сегодня опять без обеда. Стоило только подумать, что сегодняшний день на удивление спокойный, как силы небесные немедленно свершили свое возмездие.

— Да, здравствуйте.

— Я вчера видел вас по телевизору.

Этого стоило ожидать. Как будто не хватило шуточек коллег сегодня утром. Ребер улыбнулся сквозь зубы.

— Ну и хорошо.

Он внимательно посмотрел на молодого человека со стройной, мускулистой фигурой, короткой стрижкой и грустным выражением глаз. Но подобное выражение было у многих из тех, кто сюда приходил. Наверное, знакомый той девушки из шестьдесят пятой палаты, которую привезли в понедельник. Авария на мотоцикле.

— Чем могу помочь?

— Это ведь вас показывали, ну... вчера по телевизору. Про мужчину, который вышел из комы... У меня вылетело из головы — как его звали?

Ребер вздохнул. Телевизионщики предупреждали его, что такое может случиться. Поэтому он закрыл историю болезни на ключ и настоятельно рекомендовал всем медсестрам и санитарам ни в коем случае не упоминать имя Бернхарда Абеля. Первая смена даже рассказывала о том, что сегодня в восемь утра приходил юрист и еще раз подтвердил: каждому, кто разгласит имя их бывшего пациента, будет немедленно вручено уведомление об увольнении и, возможно, даже иск о возмещении вреда.

— В репортаже не упоминалось имя пациента, — произнес Ребер и уже стал готовиться к следующей попытке посетителя узнать имя Бернхарда Абеля.

Но молодой человек только наклонил голову и молча улыбался ему. Он напоминал охотника, который прислушивается к отдаленному звуку.

Ребер откашлялся.

— Чем еще могу помочь? Вы кого-нибудь ищете? Пришли кого-то навестить?

На вывеске у главного входа было написано, что посещения больных начинаются в три часа дня. Но вывеска висела там с 1960 года, а в те времена это еще была больница скорой помощи. Ныне никто не обращал внимания на режим посещений, и люди навещали своих друзей или родственников в любое время дня и ночи.

— Абель, — неожиданно произнес молодой человек. — Бернд... нет, Бернхард Абель. Вот как его звали.

Ребер уставился на него. На одно сумасшедшее мгновение ему показалось, что этот человек в сером свитере и красной куртке способен читать его мысли. «Привет, тупица!» — подумал он и внимательно посмотрел на незнакомца. Но тот не вздрогнул, ничем себя не выдал и не обиделся. Ребер разозлился на самого себя за то, что свалял дурака.

— Надеюсь, вы понимаете, что я ничего не могу сказать по этому поводу. Из соображений защиты личных данных наших пациентов.

Молодой человек кивнул.

— Он мой бывший одноклассник. Вы не могли бы подсказать, как мне его найти?

— Ну, как видите, здесь его больше нет.

В данном случае не помогла бы и телепатия. Ребер действительно не знал адреса Эвелин, только номер ее телефона, да и тот не помнил наизусть.

— Но вы ведь наверняка знаете его адрес.

— Естественно. Но не имею права давать его вам.

Незнакомец потер шею. При этом из-под свитера показалось что-то вроде родимого пятна величиной с большой палец, по форме слегка напоминавшего конскую голову с развевающейся гривой.

— Но я должен его найти.

— Обратитесь в администрацию клиники и оставьте им свой номер телефона. А они передадут его... — Ребер едва не сказал: «господину Абелю». — ...этому человеку, после чего он перезвонит вам.

— Это прекрасная идея. — Молодой человек усмехнулся. — Я так и сделаю. Спасибо большое.

— Не за что.

Очень странное пятно у него на шее. Доктор Ребер не мог оторвать от него взгляд. Он был уверен, что незнаком с молодым человеком, но его не покидало ощущение, что это пятно уже попадалось ему на глаза.

Молодой человек ушел, у одного пациента случился припадок, и Ребер снова погрузился в работу. Только своеобразное пятно не давало ему покоя. В конце концов он решил обратиться в администрацию. Если незнакомец сообщил свое имя и номер телефона, то наверняка удастся найти объяснение мучившему его странному предчувствию.

— Да, к нам приходил один молодой человек, — подтвердила секретарша. — Но он не назвался. Он просто желал знать, есть ли у нас нынешний адрес господина Абеля. Странный тип. Я ему сказала, что не имею права выдавать эту информацию. Ну и он ничего — даже не пытался подсматривать, просто попросил, чтобы я удостоверилась, что вся информация сохранена в компьютере.

Глава девятая

Прошло шесть недель с тех пор, как Бернхард Абель обрел сознание. Наверное, уже пора было объявить процесс выздоровления завершенным и начать нормальную жизнь. Но что-то внутри него — большое, похожее на зыбучие пески, — пресекало любую его попытку полностью вернуться в жизнь. Как будто должно было произойти то, о чем он не имел ни малейшего понятия.

Это случилось в первый действительно холодный день ноября. Раздался звонок. Бернхард открыл дверь и увидел молодого человека в ярко-красной куртке, который, слегка наклонив голову, спокойно разглядывал его.

— Добрый день, — удивленно произнес Бернхард.

Молодой человек выпрямился.

— У тебя нет доступа к каналу, — заявил он, не объясняя, что имеет в виду.

— К какому каналу? — И вообще, почему этот человек позволяет себе обращаться к нему на «ты»?! — Мы знакомы?

Незнакомец рассмеялся в ответ, но смех был какой-то вымученный.

— Не удалось, — сказал он. — Я так и знал.

Бернхард отступил на шаг вглубь квартиры.

— По-моему, вы меня с кем-то путаете.

— О, нет. Я абсолютно уверен! — Человек в красной куртке издал звук, похожий на продолжительное рычание или волчий вой.

«Сумасшедший», — подумал Бернхард и, прикрыв дверь до маленькой щелки, сказал:

— По-моему, вам лучше уйти.

В ответ незнакомец покачал головой.

— Ты все забыл, да?

Визитер был больше похож на простецкого рабочего парня, чем на человека, который вскоре сойдет с ума.

— Да, — сказал Бернхард, чтобы избавиться от него.

— Ты ничего о себе не помнишь? — настаивал странный незнакомец. — И действительно думаешь, что ты — Бернхард Абель?

Бернхарда будто громом поразило. Это постоянное чувство, что он не тот, за кого его принимают! И как кто-то посторонний мог знать об этом?

— Может быть, я зайду на минутку? — спросил незнакомец.

С обреченным видом Бернхард отошел в сторону и пропустил его в квартиру. Он был настолько ошеломлен, что просто молча закрыл за визитером дверь.

Молодой человек без особого интереса осмотрелся в коридоре.

— Ты что-нибудь знаешь о Немезире? — спросил он.

— Немезир?

— Расчет Немезира. Причина твоего пребывания здесь.

— Здесь? — Бернхард Абель осмотрелся в узкой темной квартире.

— Не здесь, а *здесь*! — с нетерпением произнес человек в красной куртке и показал на пол с таким видом, будто все стало понятно. — Вспомни. Ты должен был помнить это в тот момент, когда проснулся. Ты только потом все забыл.

Бернхард смотрел на незнакомца и упорно пытался понять, чего от него требуют. Гость вздохнул и покачал головой.

— Я же вижу, ты потерял это. Это не функционирует. Я ни разу не смог доложить, но они не забили тревогу. Конечно, мне тогда тоже казалось, что лучше всего действовать мягко. Очень символично. «Мы пришли с миром», — и тому подобное. Но мы должны поступать так, как *решительные*, иначе ничего не достигнем. — Он внимательно осматривал Бернхарда. Его глаза были бездонными темными колодцами. — У тебя ничего не осталось в памяти? Расчет Немезира? Экспоненциальный дрейф? Совсем ничего?

Бернхард вздрогнул.

— Экспоненциальный дрейф? — Эти два слова вызвали в нем что-то. Он прислушался к себе и порылся в своей памяти. — Когда я еще лежал в больнице, то пытался вспомнить слова, важные слова...

— Но ты не вспомнил их.

— Нет. До сих пор. Эти слова были: «экспоненциальный дрейф». — Бернхард заморгал в недоумении. — Но что они значат?

Незнакомец уныло покачал головой.

— Этого слишком мало. Если ты не помнишь таких элементарных вещей, то достигнешь даже меньших результатов, чем я. А я фактически ничего не достиг.

— Что это значит? И вообще, кто вы такой?

Молодой человек пошел в сторону выхода.

— Мне не стоило приходить. Я только зря тебя побеспокоил. В тебе сохранились лишь воспоминания Бернхарда Абеля, значит, тебе ничего не остается, как жить его жизнью. Твоя миссия провалилась до того, как началась.

— Какая миссия? О чем вы, черт побери?! — Бернхард попытался встать на пути у незнакомца, но тот опередил его и уже открыл дверь.

— Забудь, что я приходил сюда. Просто попытайся достичь равновесия. Или быть счастливым, пока это возможно. Пока план еще не завершен. — Молодой человек вышел на лестничную площадку и напоследок с грустью взглянул на Бернхарда. — И самое главное: забудь все, о чем я тебе говорил. Прости меня.

Сказав это, он стал шумно спускаться по лестнице.

— Ваше имя? — крикнул Бернхард Абель на весь подъезд. — Как вас зовут?

Но в ответ ничего не услышал, кроме грохота захлопнувшейся двери.

Глава десятая

Одно дело — видеть пациента в коматозном состоянии, обследовать и лечить его, а совсем другое — когда он стоит перед тобой, бодрый, здоровый и возмущенный. Доктору Реберу потребовалось неприлично много времени, чтобы узнать Бернхарда Абеля. А ведь не прошло и двух месяцев после того, как тот чудесным образом обрел сознание после четырех лет в коме.

— Господин Абель, — крайне вежливо произнес Ребер, попытавшись сгладить неловкую ситуацию. — Как ваше самочувствие?

Мрачное выражение лица Абеля не изменилось.

— На прошлой неделе, в пятницу, ко мне приходил один молодой человек. В такой красной куртке. Он знал, как меня зовут, и наговорил мне много чепухи.

Мужчина в красной куртке.

— Он приходил к нам. — Ребер кивнул. — В четверг. Спрашивал о вас. Сказал, что он ваш бывший одноклассник.

— Это неправда. — Казалось, что Абель не совсем уверен в своих словах. — По крайней мере, я этого не помню.

— Могу вас заверить: ваш адрес он узнал не от нас. Мы не выдаем личные данные наших пациентов, тем более в вашем случае.

Абель, видимо, не слушал его.

— Этот человек так много знал о моей жизни. Он даже знал термин, который я никак не мог вспомнить, когда очнулся. «Экспоненциальный дрейф». Он знал его. Этот термин моментально пришел мне в голову, как только я услышал его от человека в красной куртке. — Абель выпрямился. — Но я понятия не имею, что он означает.

Такого термина нет ни в одном словаре. В Интернете нет ничего похожего. Я этого не понимаю.

— Экспоненциальный дрейф? — Ребер недоверчиво посмотрел на своего бывшего пациента.

— Я не могу успокоиться с тех пор, как этот человек побывал у меня, — продолжал Абель и сделал движение, будто сию минуту схватит Ребера за халат. — Вы понимаете? Я должен найти этого человека. Должен узнать все, что он обо мне знает. Все, что здесь, в конце концов, происходит!

Было очень нелегко успокоить его. И с помощью аккуратных выражений, врачебного авторитета и двух успокоительных таблеток объяснить, что волноваться не стоит, что это может причинить вред и не поможет в решении каких бы то ни было проблем.

— Вот подумайте сами. Ведь тот факт, что вы не помните этого человека, не значит, что вы на самом деле незнакомы с ним. Вполне возможно, что в вашей памяти существуют пробелы, но они вне вашего сознания.

Абель задумчиво кивнул.

— Я мог бы просмотреть свои старые адресные книжки. Жена их наверняка сохранила. Может быть, что-нибудь вспомню.

— Да. Попробуйте. — Ребер постарался улыбнуться, как улыбаются только полубоги в белых халатах. — Ну как? Успокоились?

Абель кивнул.

— Да. Все хорошо.

— Ну, вот видите.

Но вскоре беспокоиться начал сам доктор. Он понял это сразу после того, как Бернхард Абель ушел удовлетворенным. Ребер попытался заняться своими делами, но это ему не удалось. Он смотрел рентгеновские снимки черепа, а видел только необычное пятно на шее у незнакомца в красной куртке, пятно, похожее на лошадиную голову. Это родимое пятно уже попадалось ему на глаза! Только где?

Ребер все-таки был невропатологом и знал, как работает мозг человека, в том числе и его собственный.

Невозможно вспомнить что-то через силу. Но он поможет своей памяти...

Ребер с трудом дотянул до конца смены. Добравшись до дома, он первым делом выдернул телефонный шнур из розетки, затем долго принимал ванну с травяными добавками — надежный способ, чтобы приснился последний отпуск в Провансе. После чего уютно укутался в банный халат и, напевая французскую песенку, приготовил на ужин свое любимое блюдо с макаронами. Он накрыл стол в гостиной, что делал только тогда, когда к нему приезжала его давняя и столь далекая от него возлюбленная, — она жила в Берлине и уверяла, что может жить только там. Из музыкального центра лились звуки концерта для фортепиано Моцарта, и Ребер наслаждался едой и прекрасным «Бордо». Он задумчиво смотрел на тарелку, разглядывая узоры из грибов, трав и белого, кремового соуса. Например, вот этот, который слегка напоминает очертания лошадиной головы...

Внезапно Ребер вспомнил, где видел такое родимое пятно на шее, как у незнакомца.

Он резко поднялся из-за стола и быстро прошел в свой рабочий кабинет. Отыскал картонную коробку, которая лет десять пылилась на одном из шкафов. Ребер стащил ее вниз и лихорадочно перебирал папки, скоросшиватели, стопки бумаг, обтянутые пересохшими резинками. Вот они. Распечатки научных статей, которые он, тогда еще студент, обрабатывал на компьютере для своего профессора. В то время этим можно было отличиться.

Вот. Одна из фотографий, которые он вставлял в текст. Пятно на шее показалось ему тогда браком сканера. Мужчина, который приходил к нему в четверг, только моложе. Подпись: «Армин П., 20 лет. Обрел сознание после двух лет коматозного состояния».

Глава одиннадцатая

Произошли два события, которые должны были навсегда изменить жизнь Бернхарда Абеля.

Первое произошло, когда он пытался вспомнить приходившего к нему незнакомца. Бернхард без конца листал свою старую, засаленную записную книжку, перечитывал имена, неразборчиво написанные разными ручками и карандашами, и пытался восстановить события, связанные с ними. Ничего. Конечно, книжка устарела. За два года до инсульта он купил себе новый модный органайзер, батарейка которого села во время его пребывания в коме, а вместе с ней пропали и все данные. Но что это меняло? Наверное, имена и адреса этих людей, записанные на истрепанных страницах, когда-то были дороги ему. Но он полностью забыл их и даже не помнил, что когда-то все было иначе. Он читал имена — набор букв, которые теперь не имели никакого значения. Он ничего не мог с ними связать — никакого воспоминания, ни одной картины. С таким же успехом он мог читать телефонный справочник.

«Вполне возможно, что в вашей памяти существуют пробелы, вне вашего сознания», — говорил врач. Теперь Бернхард это понял. Словно он посмотрел в глубь озера, за сияние и отражение водной поверхности. И там, в глубине, нечто пришло в движение, нечто несказанно мощное. Пришло в движение и начало подниматься. Неудержимо. Почувствовав это, Бернхард Абель откинулся назад и закрыл глаза. Да, оно пришло в движение, и ничто уже не сможет его остановить...

***

В первое время ничего не происходило. Его жена все так же ходила на работу и минимум два раза в неделю оставалась там допоздна, поскольку приближался январь 2002 года и, значит, введение в обращение наличных евро. Его дочь все так же во время обеда рассказывала о своих одноклассниках и учителях. А сам Бернхард все так же подолгу стоял на балконе и наблюдал днем за людьми и машинами, а ночью — за небом.

Второе событие произошло, когда он услышал в новостях, что с помощью космического телескопа «Хаббл» впервые удалось доказать существование атмосферы у вращающейся вокруг далекой звезды планеты.

— Подожди, — остановил Бернхард жену, когда она попыталась переключить телевизор на другой канал.

В новостях сообщали, что речь идет о планете в созвездии Пегаса, на расстоянии ста пятидесяти световых лет от Земли. Вдобавок показали небольшой отрывок пресс-конференции, на которой какой-то ученый пытался объяснить, как им удалось отыскать эту атмосферу.

Непонятно, по какой причине ему вспомнился его бывший коллега по работе — Ив. Бернхард полистал свою записную книжку и нашел его.

— Ив Леманн. Я помню его. Он все время смеялся над тем, как немцы пытаются выговорить его фамилию по-французски. Ив был не коллегой, а моим начальником, одним из двух учредителей компании. Он иногда присутствовал при передаче оборудования.

Их компания поставляла по всему миру системы управления для генетических лабораторий, фармацевтических установок, радиотелескопов и так далее. Разработанный ими интерфейс считался новаторским, он интегрировался в компьютеры любого типа и был непобедим в ценовом отношении. Когда-то Бернхард знал все об этих приборах, был одним из ведущих мировых экспертов по сбоям в системах управления. Но теперь он все это забыл и сегодня впервые вспомнил о своей бывшей работе. Он даже не знал, существует ли его компания до сих пор.

Эвелин тоже была не в курсе.

— Они заботились о тебе, даже оплатили полгода твоего пребывания в первой клинике, — сообщила она. — Но потом они начали испытывать финансовые трудности, как и многие другие в то время. Я была вынуждена перевести тебя в другую больницу и с тех пор с ними не общалась.

Бернхард Абель вспомнил, что Леманн летел вместе с ним тем роковым рейсом, который закончился для него инсультом. Перед вылетом они, как всегда, ели в ресторане Всемирного торгового центра.

— Ив говорил о какой-то формуле, что-то вроде... уравнения Дрейка. Я понятия не имею, что это за формула. Тогда это было чрезвычайно важно. Уравнение Дрейка. Похоже на... расчет Немезира. Либо экспоненциальный дрейф. Конечно же, впечатляет, но абсолютно непонятно, что имеется в виду.

Говоря все это, Бернхард заметил, как то, что таилось в нем, стало набирать скорость и уходить вглубь того озера, которое было его сознанием. «Сейчас!» — подумал он про себя и замер. Его дыхание замедлилось, сердце перестало биться на несколько секунд в тот момент, когда он наконец осознал, *что* таилось в нем, *что* ждало этого момента.

— Бернхард! — Он увидел перед собой лицо женщины, которую звали Эвелин Абель. В ее глазах застыл ужас. — Что с тобой?!

— Теперь я знаю, кто я такой на самом деле, — произнес он.

Глава двенадцатая

— На этот раз давай я навещу тебя. Так, для разнообразия, — предложил Юрген Ребер своей возлюбленной.

Пару дней спустя он перенес все рабочие встречи и сел в скоростной поезд до Берлина. Она встретила его на вокзале Фридрихштрассе. Стильная, светская и немного сдержанная дама.

— Просто так? Посреди недели? Можно подумать, что ты хочешь проконтролировать меня.

Он ей объяснил, что собирается заодно навестить своего бывшего научного руководителя. После чего она успокоилась, и вечер удался.

Посещение родного университета на следующее утро стало для Ребера путешествием назад во времени. Все оставалось здесь точно таким же, как и десять лет назад: такие же серые стены, такие же унылые окна, та же доска объявлений. В голых коридорах стоял тот же запах и раздавались те же звуки, что и в его студенческие годы. Лифт был таким же тесным, а лестничная площадка на четвертом этаже по-прежнему тщетно ожидала покраски. Только каучуковое дерево в приемной сильно разрослось. Хоть что-то!

— Профессор Шмидт все еще на совещании, — сообщила его секретарша.

Она была новенькой — молодая худощавая девушка с волосами, выкрашенными в синий цвет. В одном углу приемной стояли два кожаных кресла, тоже новые. Секретарша любезно предложила Реберу присесть и немного подождать.

— Могу приготовить вам кофе. Хоть я и работаю здесь всего лишь с начала декабря и никто мне ничего не объясняет, но я уже могу приготовить кофе. С чаем будет посложнее.

— Тогда давайте кофе, — усмехнулся Ребер.

Он присел и положил папку с материалами рядом с собой. Папка была прозрачной, и сверху в ней лежала фотография таинственного Армина П. Поэтому секретарша заметила ее, когда приносила кофе, и поинтересовалась:

— Ах, так вы здесь из-за него?

Юрген Ребер был более чем удивлен.

— Простите?

Она слегка дотронулась пальцем до фотографии. Ее ногти были накрашены синим лаком того же оттенка, что и волосы.

— Разве это не Армин Палленс?

— Возможно. — «Значит, его фамилия Палленс? Эта информация может оказаться полезной». — Должен признаться, я очень удивлен, что вы узнали его.

— Представьте, не такая уж я тупая. Ведь он сейчас в центре внимания. Точнее, его преемник.

— Вы о ком?

Девушка посмотрела на Ребера с нескрываемым удивлением.

— Неужели вы не знаете эту историю?

Ребер покачал головой.

— Нет, но звучит все это довольно завлекательно.

— Завлекательно? Не то слово. Это целый детективный роман. — Секретарша вернулась к своему столу, достала из выдвижного ящика блокнот и начала его листать. — Я записываю здесь все, что мне удается узнать, — одновременно объясняла она. — Я ведь должна как-то разобраться. Раз уж никто не может уделить мне немного времени и все объяснить. Ну вот, как раз здесь. Слушайте. Армин Палленс, 1967 года рождения, ДТП на мотоцикле в 1988 году. Два года в коматозном состоянии. И потом внезапно обретает сознание в 1990-м, выздоравливает и так далее. Есть только одна загвоздка: он абсолютно уверен, что на самом деле он не Армин Палленс, а инопланетянин.

— Инопланетянин?

— Круто, правда? И аргументирует он довольно-таки ловко. Наш профессор утверждал, что у настоящего инопланетянина должны быть либо зеленая кожа, либо какие-нибудь заостренные ушки. На что Палленс ответил, что он как бы *душа* инопланетянина, находящаяся в человеческом теле. То есть на самом деле сознание — или что бы там ни было — Армина Палленса находилось при смерти, а его тело оставалось свободным, ну, вроде как освобождаются квартиры. Вот он туда и заселился. — Секретарша широко улыбнулась и со своими синими волосами сама стала походить на инопланетянку.

Юргену Реберу показалось, что стало слышно, как работает его мозг.

— Да, действительно, очень интересные галлюцинаторные представления.

Что бы это могло значить? И какое это имеет отношение к его пациенту, Бернхарду Абелю, который тоже утверждал, что он кто-то другой. И с какой стати этот Армин Палленс искал Абеля?

— Но это еще цветочки, самое интересное впереди, — продолжила синеволосая секретарша, которой никто ничего не объяснял, но которая знала все. — И это действительно жутковато. Примерно в 1995 году на научном конгрессе наш профессор встретился с одним коллегой. И они за пивом стали рассказывать друг другу про самые необычные случаи в их карьере. И вдруг этот коллега упомянул пациента, который неожиданно вышел из комы и утверждал, что он инопланетянин. Только это было в 1979 году где-то в Англии.

— Хм, — неожиданно засомневался Ребер. — Галлюцинации об инопланетянах могут быть выражением изменившегося ощущения собственного тела после долгих лет в коме.

— Они сначала тоже так подумали. Но оба случая невероятно похожи друг на друга. Оба пациента даже были помешаны на одном и том же понятии — «экспоненциальный дрейф». «Exponential drift» — по-английски. И никто не знает, что бы это могло значить. — Девушка даже захихикала от удовольствия. — Потом они навели справки, и оказалось, что были еще три случая. Все в США, в 1968-м, 1957-м и 1946-м годах. Замечаете?

— Все с промежутком в одиннадцать лет.

— Так точно. — Она закрыла свою записную книжку. — А сейчас 2001 год. Пришло время следующего инопланетянина.

Глава тринадцатая

— Надо будет найти другую отговорку, когда введут евро, — сказал Вольфганг Кренц, закурил и стал наблюдать, как серые клубы табачного дыма растворяются у потолка.

— Мне не нравится, что сразу после этого ты начинаешь курить, — заявила Эвелин Абель. — Как будто... Я даже не знаю. Как будто в дурацком фильме пятидесятых годов.

— Да ладно. Я просто наркоман. — Однако он все же развернулся и потушил сигарету в пепельнице, стоявшей на ночном столике возле кровати. — Но вот скажи честно: ведь странно, что он до сих пор верит в твою работу допоздна?

Эвелин откинулась на спину и натянула одеяло на грудь.

— Ах, знаешь, у меня сейчас другие заботы.

— У тебя бы их не было, если б ты не приняла все так близко к сердцу. «Я сейчас зайду туда и скажу, что подаю на развод». Твои слова. А потом мне говорят, что он валяется у тебя дома и смотрит в потолок.

— Он не валяется и не смотрит в потолок.

— Да ладно, мне-то какая разница. Но я себя чувствую намного лучше, если представляю, как он просто лежит у тебя дома и смотрит в потолок.

Едва заметная улыбка промелькнула на ее лице. Хоть что-то.

— Ты ревнуешь! — сказала она. Как будто ее это удивило!

— Естественно, я ревную. Боже мой, а ты что думала?

Она прижалась к нему и прошептала:

— Я не знаю, что мне делать.

— Бросай его и выходи за меня замуж. Я тебе уже который год предлагаю.

— Если бы все было так просто. — Эвелин со вздохом подняла голову и внимательно посмотрела на Вольфганга, как будто должна была запомнить его лицо до следующего свидания. — Можно у тебя кое-что спросить?

— Уже спрашиваешь.

— Ты когда-нибудь слышал об уравнении Дрейка?

— Что? Ну да, конечно.

— Правда?

— Слушай, Эвелин, я радиоастроном. Я занимаюсь этим каждый день и разбираюсь в этом. Не то что в женщинах.

— Ну и? Объясни мне, что это такое. Что это за уравнение Дрейка?

— Это формула, которая пытается определить количество внеземных цивилизаций в нашей Галактике. Названа в честь Фрэнка Дрейка.

— Хм, — раздалось в ответ.

И все. Она просто молча уставилась перед собой.

— Эй! И что? Ты что, нашла себе новое хобби?

— Ну уж точно не хобби.

— А что тогда?

Она со стоном вскочила с кровати и начала непонятно кому что-то доказывать.

— Да черт побери! Сначала они мне говорили, что все будет в порядке. Затем — что, даже когда он придет в себя, то будет тупым как горшок. Потом он действительно пришел в себя и был почти нормальным. Почти. Не говоря о том, что иногда мне кажется, будто я хорошо знаю его. А иногда он производит впечатление абсолютного незнакомца, как... Даже не знаю. Именно незнакомца. И теперь это.

— А что теперь?

— Бернхард утверждает, что он инопланетянин.

— Что?

— Инопланетянин. Утверждает, что он нечто вроде души инопланетянина, которая случайно забрела в тело Бернхарда Абеля.

— Понятно, почему он тебе кажется незнакомцем.

— Вольфганг, это не смешно!

Он откашлялся.

— Извини. Не смог удержаться.

— Он утверждает, что его собственные воспоминания мешаются с теми... Бернхарда. И что поэтому он такой рассеянный. Что ему сначала надо разобраться во всем.

Вольфганг начинал понимать, что Эвелин говорила на полном серьезе.

— И когда он... осознал это?

— Позавчера вечером. В новостях передавали, что обнаружили какую-то планету. После чего Бернхард стал говорить что-то об уравнении Дрейка и вдруг упал в обморок. Примерно на пару минут. Хотя, наверное, на пару секунд, но мне так показалось. И потом он сказал, что теперь знает, кто он такой на самом деле.

— Марсианин...

— Я с ужасом думаю о том, как мы проведем с ним рождественские праздники. А в этом году еще и сочельник выпал на понедельник, так что они будут тянуться до бесконечности. Необходимо столько всего закупать, и опять это на мне... — Она потянулась за бюстгальтером и начала одеваться. — Кроме того, мне пора идти. Уже половина одиннадцатого.

Вольфганг Кренц быстро накинул халат, проводил Эвелин до двери, поцеловал на прощание и взял с нее обещание, что она скоро вернется. Потом он наблюдал из окна, как она садится в маленький автомобиль и уезжает. Ее машина еще не исчезла за поворотом, а он уже взял телефон и стал набирать номер.

— Это я, — сказал он. — Да, я знаю, который час. Но у меня есть интересные новости по поводу нашего друга господина Абеля.

Глава четырнадцатая

Совместная жизнь с человеком, который на полном серьезе думает, что он инопланетянин, оказалась на удивление простой.

Недели накануне Рождества проходили чуть ли не спокойно, если не учитывать того, что канун Рождества и спокойствие — абсолютно противоположные понятия. Как только Бернхард понял, наконец, то, что он считал правдой, с него спало все напряжение, которое не давало ему покоя с момента прихода в сознание. Он был очень любезен, когда Эвелин приходила домой, и взял на себя практически все домашние обязанности, часами играл со своей дочерью — с такой детской увлеченностью, которая никогда не проявлялась в его прошлой жизни. Естественно, Тереза была счастлива.

Это больше всего удивляло Эвелин. До инсульта Бернхард был сложным человеком, погруженным в себя и в мысли о своей работе. Дочь была больше помехой, чем отрадой в его жизни. Но теперь, стоило только Терезе спросить отца, где находится Сомали, как он немедленно доставал атлас и показывал ей эту страну. И потом они вмести брали с полки энциклопедию и пытались узнать все, что могли, об этой стране, которая в последнее время часто мелькала в новостях по телевизору. Когда выпал первый снег, отец и дочь развлекались тем, что выбегали на балкон, с азартом лепили снежки и бросали их в проезжающие мимо машины и прохожих, громко смеясь от радости.

Только сидя вечером за столом и просматривая газеты, Бернхард начинал походить на посланца с другой планеты, который внимательно изучает ситуацию на планете Земля и нравы ее обитателей.

— Я только играю человека Бернхарда Абеля, — с серьезным выражением лица признался он как-то вечером Эвелин. — И хочу, чтобы ты не забывала об этом. У тебя нет никаких обязательств передо мной. Благодарен тебе за все, что ты для меня сделала, но я не тот, за кого ты выходила замуж. Я просто живу в его теле и пользуюсь его воспоминаниями — теми, что еще остались.

Что можно ответить на такое откровение? Эвелин Абель произнесла:

— Понимаю.

— Я хочу попросить тебя сделать мне одолжение и еще какое-то время помогать мне, — продолжал человек, который выглядел как Бернхард Абель, но говорил, что он кто-то другой. — Ваш вид находится в опасности, и меня послали сюда, чтобы спасти вас. Если еще есть шанс.

— Наш вид?

Он улыбнулся.

— Звучит странно, да?

— Даже очень странно, — подтвердила она.

— И в принципе, ты мне не веришь, — произнес он совершенно спокойно. — Если бы ты мне поверила, то начала бы задавать вопросы. Откуда я пришел? Как выглядит тот мир? И так далее. Но ты думаешь, что это у меня умственное расстройство. Какая-нибудь травма, последствие комы.

Эвелин Абель и вправду так думала. Поэтому она на один день отпросилась с работы (в предрождественские дни!), чтобы навестить доктора Ребера в клинике «Брюкенкопф» и рассказать ему о происходящем.

Невропатолог, который несколько лет заботился об ее муже, совсем не удивился.

— Я даже ожидал этого, — спокойно сказал он и достал фотографию коротко стриженного мужчины с необычным родимым пятном на шее. — Вы знакомы с этим человеком?

Эвелин покачала головой.

— Нет.

— Он приходил сюда восьмого ноября и, судя по словам вашего мужа, на следующий день был у вас.

— Я ничего не знаю об этом.

— Его зовут Армин Палленс. Он находился в вегетативном состоянии — то есть в коме — с 1988-го по 1990 год. А когда пришел в себя, стал утверждать, что он — внимание! — инопланетянин.

Почему-то это ее успокоило.

— Значит, такое случается нередко?

— Честно говоря, я узнал об этом впервые, — сказал Ребер. — От секретарши моего бывшего профессора, который, в свою очередь, утверждает, что незнаком с этим человеком. Хотя Палленс был его пациентом. И я видел, что профессор говорит неправду.

— Странно, — задумалась Эвелин. — Что бы это могло значить?

Ребер пожал плечами.

— Не имею ни малейшего понятия.

***

Проходили недели, и вот наступило последнее предрождественское воскресенье, день до сочельника. Еще одно утро суеты, последние закупки, и наконец-то все готово. Эвелин прилегла отдохнуть и доверила украшение елки Бернхарду и Терезе, которые с удовольствием принялись за дело. «Нет, правда, совместная жизнь с человеком, который на полном серьезе считает себя инопланетянином, очень даже неплоха», — решила Эвелин.

Зазвонил телефон.

Она взяла трубку и сразу же пошла в гостиную, прикрывая микрофон телефона рукой.

— Тебя. Ив Леманн.

Мужчина, которого она всю свою жизнь будет принимать за Бернхарда Абеля, поднял голову.

— Кто?

— Твой бывший шеф. Он хочет навестить нас после Рождества, до Нового года. — Эвелин замешкалась и потом добавила: — Не знаю почему, но, по-моему, он чем-то обеспокоен.

Глава пятнадцатая

Понимание того, что его собственные воспоминания не были таковыми, вызывало у него своеобразное отношение и ко всем его поступкам, словам и мыслям. Это даже не было неприятно, наоборот: сейчас он был ближе всего к состоянию равновесия за все время с момента его... *прибытия*. Мешало только одно: он практически ничего не знал о том, что было до этого и по какой причине он прибыл сюда.

Он даже не помнил свое настоящее имя. Так точно не задумывалось! Но, с другой стороны, это мало что меняло, поскольку те два человека, которые приняли его, так как чувствовали себя обязанными бывшему владельцу его тела, все равно не согласились бы с другим именем.

Некоторое время ему нравилась такая жизнь. Женщина — несмотря на то, что в ней таилось много беспокойства и суетливости, — стала чуть ли не его соратником, а девочка даже не скрывала, что испытывает к нему больше симпатии, чем к изначальному Бернхарду Абелю. Он иногда тайком наблюдал за ней, и тогда ему приходило в голову, что этот ребенок наверняка играет важную роль в его миссии.

Сегодня к ним в гости пришел Ив Леманн, бывший начальник Бернхарда. Он был старше, чем в его воспоминаниях. Дымчато-серые волосы поредели, черты лица стали более суровыми, и он все так же останавливался после каждого предложения, словно пытался расставить звуковые знаки препинания. Эвелин он подарил букет цветов, ему — поздравительную открытку, на которой расписались почти все его бывшие коллеги, а Терезе — коробку, завернутую в подарочную бумагу с изображениями Гарри Поттера.

Потом они стояли и смотрели, как Тереза распаковывает подарок. Это была кукла в коробке с японскими иероглифами.

— По-прежнему путешествуете по всему свету? — спросил Бернхард.

Леманн резко поднял голову.

— Что? А, да. Как минимум полгода меня не бывает дома, — к неудовольствию моей жены.

Они прошли в гостиную. Из-за рождественской елки она казалась меньше, чем была на самом деле. На столике лежал журнал с фотографией рушившихся башен Всемирного торгового центра. Их вид испортил Леманну настроение.

— Вы помните уборщицу в туалете ресторана на самом верху? Которая делала возле раковины огромные башни из бумажных салфеток? После всего произошедшего я никак не мог забыть эту женщину. Одно время меня не оставляло желание найти ее. Она была такая приветливая. И так гордилась своими башнями.

— Да, — кивнул Бернхард, — я помню.

— А вы помните наш разговор? — спросил Леманн как бы между делом, но явно с умыслом. — Я имею в виду — перед тем злосчастным рейсом.

— С трудом, — ответил Бернхард, в памяти которого оставались лишь одиночные обрывки воспоминаний о прежних событиях.

— Что вы помните?

Бернхард порылся в воспоминаниях, еще остающихся в его распоряжении.

— Речь шла о... деньгах, ведь так? И это имело какое-то отношение к Аресибо, к находящемуся там радиотелескопу. — Всплыли воспоминания об огромной чаше рефлектора, ярко сверкающей на солнце. Воспоминания о жаре и комарах, а также о пыльной грунтовой дороге. — Мы ездили туда. Устанавливали новый интерфейс и интегрировали его в их систему.

— Да, правильно. А дальше?

Расплывчато: экран, неразбериха из букв и цифр, программный код. Параллельно шло некое чувство возбуждения, похожее на игровой азарт.

— Что-то было с программным обеспечением, но я уже не помню — что. — Из окна панорама Манхэттена с высоты четырехсот метров. Тарелки перед ним на столе. — Мы ели куриный бульон. И вы спрашивали у меня кодовое слово.

— Точно. Вы его помните?

В этот момент Бернхард Абель внезапно почувствовал, как будто у него в голове открылось неведомое ранее отверстие. Отверстие, из которого на него накатывалось что-то похожее на гул голосов. Но это был не шум, а скорее наплыв... информации. Незнакомые мысли, перепутанные, перемешанные и неразличимые. Словно все радиостанции этой планеты вещали на единственной частоте. И в этой неразберихе он воспринял одно чувство, каким-то образом понимая, что оно исходит от Леманна, чьи нервы были напряжены до предела. *Он хотел любой ценой узнать код!* А вся его непринужденность и общительность были лишь прикрытием.

Бернхард Абель покачал головой.

— Нет. А что это был за код?

— Вы абсолютно ничего не помните? Совсем ничего? — переспросил Ив Леманн.

— Нет. Больше я ничего не помню.

Ив с недоверием посмотрел на него. Наконец он заставил себя улыбнуться и махнул рукой.

— Ладно, все равно не имеет значения.

Эвелин принесла кофе, и они еще поболтали о том о сем. Некоторое время спустя Леманн начал прощаться.

— Чего он от тебя хотел? — спросила Эвелин после его ухода. — Я думала, он пришел узнать, можешь ли ты снова у него работать.

Бернхард покачал головой.

— Не думаю, что он этого хочет. — Некоторое время он размышлял, стоит ли рассказывать Эвелин о своих подозрениях. — Мне кажется, ему во что бы то ни стало нужно было узнать код.

— А что это за код?

— Не могу вспомнить. Но я помню гораздо больше, чем признался Леманну. Этот код связан с программным обеспечением системы управления, и с его помощью Бернхард Абель каким-то образом шантажировал свою компанию.

Глава шестнадцатая

В понедельник 7 января в 7 часов 37 минут по Гринвичу мимо Земли пронесся астероид 2001-YB5 диаметром в 300 метров. Пронесся на таком близком расстоянии, которое по космическим меркам называется «рядом». Если бы астероид врезался в твердую поверхность, то страна размером с США была бы стерта с лица земли. При столкновении образовалась бы воронка величиной с крупный город, а ударные волны и подземные толчки уничтожили бы все в радиусе восьмисот километров. Если бы астероид был немного больше, скажем, 1000 метров в диаметре, то, упав на Землю, он прекратил бы существование как человечества, так и бóльшей части высших организмов нашей планеты.

Самым тревожным стал тот факт, что астероид 2001-YB5, за последние десятилетия самый большой из пролетавших так близко от Земли, был обнаружен только 26 декабря. То есть в распоряжении землян оставалось всего двенадцать дней.

СМИ практически ничего не сообщали о нависшей над Землей опасности. В главных вечерних новостях не упомянули о ней ни слова. Эта проблема обсуждалась только среди астрономов.

— Ты помнишь фильм «Столкновение с бездной»? И другой, с Брюсом Уиллисом, — «Армагеддон»? — задал вопрос Вольфганг Кренц во время перекура.

Его коллега Манфред Генне отмахнулся.

— Это же вообще сущий вздор. «Столкновение с бездной» хоть и китч, но зато более-менее правильный с астрономической точки зрения.

— И у них было больше времени после того, как они обнаружили астероид, чем у нас с YB5, — заметил другой коллега Вольфганга — Германн. — Только посмотрите, кто выискивает эти астероиды! Сплошные любители.

Кренц кивнул, держа кружку с кофе обеими руками.

— А вы знаете, сколько денег было потрачено на эти два фильма?

— На наши пенсии хватило бы.

— Двести пятьдесят миллионов долларов!

— Как минимум, — сказал Германн.

— А знаете, сколько будет стоить по-настоящему работоспособная система дальнего обнаружения астероидов?

— Бешеные деньги.

Кренц посмотрел в свой кофе, словно гадал на гуще.

— Не больше ста миллионов!

Волнение. Недоверие. Необходимость приводить доводы. Германн не любил, когда кто-нибудь другой соображал лучше, чем он, а Генне мало что смыслил в деньгах. Однако на сайте американской Программы по обнаружению астероидов, сближающихся с Землей, был размещен ролик, который демонстрировал пролет 2001-YB5 рядом с Землей, в размерах Солнечной системы казавшийся прямым попаданием. И в конце концов они ему поверили.

— Может быть, это просто должно случиться? — пророчил Вольфганг Кренц далее. — Может быть, большая глыба должна врезаться в Землю, для того чтобы что-нибудь изменилось? Мы ведь по-другому не понимаем. Ну, вот что бы случилось, если б башни-близнецы устояли? Ведь все бы похлопывали друг друга по спине и поздравляли с тем, что башни в состоянии выдержать удар пассажирского самолета. Вот, мол, какие мы превосходные архитекторы!

— Зато теперь у этого техасца есть повод играть в ковбоя по всему миру, — сказал Германн, который не был сторонником безоговорочной поддержки США. — Я не уверен, что это намного лучше.

— Уж очень мы агрессивный вид, — отметил Генне.

— Вот именно, — подхватил Вольфганг Кренц. — Единственное, что может объединить всех людей, — это угроза из космоса. И пока она не появится, мы не прекратим грызть друг друга.

Внезапно Вольфганг замолк и потушил сигарету.

Что-то он уж слишком разболтался!

Глава семнадцатая

Они пришли.

Анна еще глубже втиснулась в ящик. Два куска картонки не давали полностью закрыться крышке и оставляли тонкую смотровую щель. Делать было нечего — только лежать, не двигаясь, тихо дышать и — самое главное — подслушивать.

— ...Кстати, Хольгер звонил. — Тяжелые шаги по деревянному полу. — Он хочет организовать встречу одноклассников на Рождество.

— Снова? — Ворчливый голос дяди Лутца.

— Двадцать пять лет после окончания школы. Ведь неплохой повод, не так ли?

— Двадцать пять лет? — Короткое молчание. — А ведь правда. Уму непостижимо, как время летит.

— Я каждый раз удивляюсь, когда вижу твоих детей, Петер: как они выросли! — Это был дядя Вольфганг. — Кресло для меня, да?

— Как всегда, — произнес ее отец. — Присаживайтесь. Ив, твое виски там, рядом с книгами.

— Слушай, это что, новый проект?

— Ну да.

— Что на этот раз? Опять история про машину времени?

— Я же говорил, что больше ничего не буду писать о путешествиях во времени. Вольфганг, если ты ищешь пепельницу, то она под креслом.

Закрыли двери. Сначала наружную, потом внутреннюю. Рабочий кабинет был звуконепроницаем, потому что ее отец нуждался в тишине, когда писал. Снаружи можно было подслушивать сколько угодно, — все равно не было слышно, о чем говорилось внутри.

— Ну, Петер, сначала за твое здоровье. И еще раз поздравляю с днем рождения.

— Спасибо большое. Честно говоря, если б не наши встречи, я бы давно уже не праздновал его.

— Послушайте-ка его! Стукнуло сорок три, и уже считает себя стариком. Смех!.. Ну, тогда давайте. Во имя того, чтобы никогда не забывать идеалы молодости, — повторим наш ритуал!

Звон стаканов.

— Что является целью нашей жизни? — спросил ее отец.

— Единство всего человечества и мир на земле, — хором ответили остальные.

— Каковы три причины нашего успеха?

— Мы молчаливы, едины и умны, — сказали они.

— Но узнает ли кто, как все произошло?

— Нет, никто и никогда, — прозвучало в ответ.

Еще раз звон стаканов.

По телу Анны пробежали мурашки. Все сказанное звучало так загадочно и торжественно, как в том фильме про трех мушкетеров, которых на самом деле было четверо. Только слышать подобные слова наяву, от людей, знакомых с детства, — это совсем другое.

— Хорошо, тогда перейдем к первому вопросу на повестке дня. Как всегда, доклад о Бернхарде Абеле. — Это уже было сказано привычным тоном. — Вольфганг?

— Абель по-прежнему считает, что он инопланетянин, ведет домашнее хозяйство и как одержимый читает газеты. В этом году я только один раз встречался с его женой.

— Ив, ты ходил к нему в гости.

— Да. Должен отметить, что Абель показался мне абсолютно нормальным. И я верю в то, что он ничего не помнит. По крайней мере, ничего важного. Он помнит, что перед отлетом мы вместе обедали во Всемирном торговом центре и о чем-то разговаривали, но не помнит — о чем. У него в памяти осталось, что речь шла о кодовом слове, но, когда я попросил его уточнить, ему даже в голову не пришло, что он этим кодом заблокировал все наши программы.

— Надеюсь, ты ему про это не стал напоминать?

— Ну ты скажешь! Нет, я просто между делом спросил, помнит ли он код, но Абель уверил меня, что нет, и даже поинтересовался, что это был за код.

— Ну и ладно. — Таким голосом дядя Лутц говорил, когда был в плохом настроении. — Уже прошло несколько лет. Мы изменили все программы и больше не нуждаемся в кодовом слове Абеля. Зачем следить за ним? Только из-за того, что Вольфганг влюбился в его жену? Я остаюсь при своем мнении и считаю это большой ошибкой и риском.

— Свои чувства невозможно держать под контролем, — со злостью возразил Вольфганг. — И тебе это известно лучше других.

— Давайте без ссор. Мы этим испортили уже немало дней рождения.

— Ладно. Но мы не можем ждать вечно. Если и есть подходящее для нас время, то это именно сейчас. Я предлагаю договориться о сроке и взяться за дело.

Послышались голоса одобрения.

— Это, конечно, хорошо, но не забывайте, что мы собираемся сотворить величайший блеф в истории человечества. — Это был голос ее отца. — Чтобы все получилось, ни у кого не должно возникнуть ни малейшего сомнения. До сих пор нашей единственной серьезной ошибкой был Бернхард Абель. Мне не хочется говорить это, но было бы лучше, если б он умер.

Анна вздрогнула и сразу же испуганно затаилась. Ее услышали? Проходили бесконечные секунды.

Внезапно крышка ящика открылась.

Глава восемнадцатая

— Анна Эйзенхардт! Можешь объяснить, что ты делаешь в ящике для моих рукописей?

Чтобы как-то смягчить гнев отца, девочка попыталась улыбнуться под его негодующим взглядом.

— И куда, кстати, делись все рукописи? — продолжил свои расспросы Петер.

— Я их отнесла в мою комнату, — едва слышно созналась Анна. — Сегодня утром, когда вы ездили по магазинам. Я их сложила точно так же, как они лежали в ящике.

— Ну, это мы еще проверим, когда ты их вечером принесешь обратно. А теперь убирайся отсюда, дорогая моя!

— Я ведь только хотела послушать, что у вас за тайные беседы, — ворчала Анна, с трудом выбираясь из своего неудобного укрытия.

— Я знаю, что ты страстная шпионка, — сказал со злостью Петер Эйзенхардт и по привычке подал ей руку, поскольку никак не мог привыкнуть к тому, что его дочери уже восемь лет и она со всем прекрасно справляется сама. — И к какому выводу ты пришла?

— Вы готовите заговор! — заявила Анна и посмотрела вокруг. Школьные друзья ее отца — Лутц, Вольфганг и Ив — сидели в кругу и от души смеялись. У каждого из них на коленях лежала рукопись. — Я все слышала.

— Нечего подслушивать писателей! — Отец показал на рукописи. — Мы читали диалог из моего нового романа — в ролях. Чтобы я знал, как он звучит. А по-твоему, мы уже готовим заговор. Теперь ты понимаешь, почему мы всегда закрываем дверь?

Анна была разочарована.

— Ах вот оно что.

Жаль. А казалось — это что-то по-настоящему интересное.

***

Вольфганг Кренц следил за диалогом между Петером и его дочерью со смешанным чувством удовольствия и страха.

— Я тебе уже говорил, что восхищаюсь быстротой твоей реакции? — спросил он Петера после того, как девочка, опустив голову, вышла из комнаты и двойная дверь вновь была заперта.

Хозяин со злостью на лице собирал обратно рукописи, которые он моментально раздал, когда они услышали подозрительный шорох из ящика.

— Девчонке всего восемь лет, но она уже пересмотрела все фильмы про Джеймса Бонда, которые вышли на видео. Пересмотрела — не то слово, она их знает наизусть. От нее всего можно ожидать. Если б я ввел такой персонаж в один их моих романов, читатели бы сказали, что это натяжка.

— Мы должны приступить к делу как можно скорее, — пока еще способны опережать шпионаж твоей дочери. К тому же растет количество радиотелескопов, с этим нам тоже придется считаться. Атакамскую большую миллиметровую сеть ALMA достроят в 2009 году. Еще один проект типа «Аргоса» в Огайо может стоить нам головы. А если китайцы, как запланировано, построят телескоп с зеркалом на пятьсот метров, то все кончено. Мы ничего не сможем сделать.

Ив кивнул.

— Вольфганг прав.

— Вот именно, — подтвердил Лутц, компьютерный гений компании, которую он создал вместе с Ивом. — Несмотря на неприятности с Абелем, сейчас действительно идеальный момент. Лет пять тому назад наш план был слишком рискованным, компьютерные системы очень сильно отличались друг от друга и не были настолько сложными, как сейчас. С другой стороны, в последнее время намного больше внимания уделяется слабым местам в системе безопасности Интернета и попыткам устранить их. По-моему, года через два все пути доступа будут для нас закрыты.

— Ладно, — подытожил Петер, — давайте перейдем к делу. Какие-нибудь предложения по поводу даты?

Воцарилась тишина.

— Трудно сказать, — проговорил Вольфганг. — Ведь этот день войдет в историю. Как 11 сентября.

Ив глубоко вздохнул.

— Ну, ты и сравнил... В любом случае, это должна быть дата, связанная с чем-нибудь хорошим.

Петер улыбнулся.

— Вы еще помните, когда мы все это придумали?

— Конечно, — ответил Лутц. — Секундочку... Нам было тогда по четырнадцать — пятнадцать лет. Это случилось летом. Мы сидели у тебя дома, точно так же, как и сегодня. Выдумывали всякую ерунду. И вдруг нас осенило.

— Да, я помню. Это произошло незадолго до чемпионата мира по футболу, — добавил Ив. — Германия — Голландия. Беккенбауэр против Кройфа. 1974 год. Но тогда вас это не интересовало.

— И сейчас не интересует, — пробормотал Лутц.

Петер Эйзенхардт выудил листок из кучи бумаг на письменном столе.

— Я посмотрел в своих дневниках. Мы придумали наш план третьего июня. В понедельник, как и в этом году. — Он огляделся. — Друзья мои, следовательно, мы не просто что-то задумали, но и потратили двадцать восемь лет и немало сил на выполнение задуманного. По-моему, если у нас есть возможность выбрать день, то пусть это будет наш юбилей. Давайте договоримся, что 3 июня 2002 года станет днем, когда мы изменим мир.

Глава девятнадцатая

Вольфганг Кренц достал свой ежедневник, в котором хотел сделать пометку на третье июня, но заметил направленные на него вопросительные взгляды.

— Наверное, лучше ничего не записывать, да?

Остальные синхронно кивнули. Как в былые времена.

— В особенности тебе, — сказал Петер.

— В этом есть доля правды, — согласился Вольфганг, убирая ежедневник. — Но что будем делать с Абелем?

Лутц стал массировать свой нос.

— Слышать уже не могу это имя.

— С моей точки зрения, то, что он неожиданно обрел сознание, вовсе не такая уж катастрофа, как мы изначально полагали, — продолжил Ив. — По крайней мере, если ты прав...

— Конечно же, прав, — перебил его Вольфганг.

— ...то все, что Абель узнал о нас до инсульта, превратилось в какую-то паранойю, которая теперь полностью завладела им. Не знаю, как это могло случиться, я не специалист. Но, по-моему, это единственное логичное объяснение тому факту, что он считает себя именно инопланетянином.

«А для меня то, что он пришел в сознание, — еще какая катастрофа», — подумал Вольфганг.

— Короче, мы больше не обращаем на него внимания.

— Так точно! — от всего сердца воскликнул Лутц.

Вольфганг скривился. «Вечное соперничество программистов», — подумал он.

***

В середине января 2002 года главную новость, обсуждаемую во всех газетах и по телевизору, многие сначала посчитали сатирой: иск о запрете правоэкстремистской Национал-демократической партии Германии, направленный федеральным правительством, приостановлен в связи с тем, что один из свидетелей обвинения и член НДПГ оказался долголетним осведомителем немецких спецслужб.

Бернхарда Абеля очень заинтересовали эти события, хоть он пока не мог сказать, почему. Но он покупал еще больше газет, чем обычно, и не пропускал ни одного выпуска новостей, несмотря на то, что и писали, и говорили одно и то же.

— Я ведь тоже что-то вроде осведомителя спецслужб, — вдруг догадался он. В это время по телевизору диктор Вольф Лойевски обсуждал с бывшим начальником ведомства по охране конституции вопрос о том, не наступит ли конец всем правым группировкам, если немецкие спецслужбы прекратят внедрять в них своих агентов и выплачивать гонорары шпионам, — что бывший начальник решительно отрицал. — Вот почему меня это так сильно волнует. Я сотрудник спецслужб внеземного правительства.

Эвелин издала звук, который мог обозначать все и одновременно ничего. В последнее время она выработала привычку садиться с бокалом красного вина рядом с Бернхардом, в то время как он, словно ненормальный, смотрел все выпуски новостей, репортажи со всего мира и разные научно-популярные передачи.

— Это именно так, — продолжал разглагольствовать Бернхард. — Идет суд над человечеством, а я веду следствие.

Эвелин с грохотом поставила бокал на журнальный столик.

— Это же абсолютный бред, что ты сейчас говоришь, Бернхард! Агент спецслужб! И какое следствие ты ведешь, скажи мне на милость? Ты читаешь газеты и смотришь телевизор. Замечательно. Хорошенький это будет суд, если твои космические начальники даже новости не могут посмотреть сами. Ведь все эти новости передают через космические спутники. — Она увидела его удивленное, даже ошарашенное лицо, и это разозлило ее еще больше. — И с какой это стати ведется суд? Может быть, из-за того, что у нас так много войн? Да брось ты! Это уже не бред, а просто дичь. И кроме того, интересно, какое инопланетянам до этого дело?

Бернхард бросил на нее недоумевающий взгляд и кивнул.

— Ты права! — сказал он и повторил: — Ты права. Я не могу оставаться пассивным и обязан что-нибудь сделать. Я должен найти этого человека, который приходил сюда, и узнать, чего он от меня хотел.

Эвелин уже не слушала. Она массировала себе виски и продолжала:

— И еще мне очень интересно: почему это происходит именно со мной? Чем я это заслужила? Черт побери, Бернхард, я думала, что все встанет на свои места, — после того как ты очнулся. Но ты заставляешь меня... — Она умолкла. — Да ладно, что говорить... Я ведь, в принципе, только хочу знать, почему ты не дотрагиваешься до меня?

— В каком смысле не дотрагиваюсь?

— Боже мой, Бернхард! Уже прошло три месяца, с тех пор как ты вернулся. Сначала я убеждала себя, что к тебе нужно относиться бережно, тебе нужен покой и со временем все наладится. Но ничего не наладилось! Ты не обращаешь на меня внимания, даже если я хожу перед тобой голой.

Наконец-то он понял.

— Ты имеешь в виду зачатие!

— Нет, черт подери! Я имею в виду секс. — Эвелин погрузилась обратно в подушки дивана, словно хотела в них утонуть. — Я терпеть не могу говорить об этом, — прошептала она.

— Я же тебе объяснял, — ответил он спокойно. — На самом деле я не твой партнер, я только нахожусь в его теле.

— Да-да-да. Самое главное в сексе все-таки и есть тело. Согласен?

— Но я не понимаю, как ты...

Она поднялась так внезапно, что он не смог договорить до конца.

— Наплевать на болтовню врачей, — сказала она и взяла его за руку. — Пойдем.

Глава двадцатая

Шепот:

— Все хорошо. Не вставай.

Значит, все хорошо. Значит, не надо вставать.

Он проснулся, когда уже рассвело. Прошлое было уничтожено — все, кроме отдаленного эха в его памяти. Не существовало и будущего. Только настоящее. Потом он вспомнил, что произошло ночью.

Много чего произошло. Он повернулся на спину. До этого он был уверен, что достаточно положиться на воспоминания Бернхарда Абеля, чтобы знать все об этой стороне человеческой жизни. Но теперь он должен был признать, что воспоминания о зачатии значительно отличаются от его реального исполнения. Сохранилась память о предмете и о способе, но не об ощущениях, не о том, что происходило на самом деле. Запомнить это явно было выше возможностей его мозга.

Он лежал голый, и ему было... *хорошо.* Он не мог назвать это по-другому. По крайней мере, он стал понимать, почему люди уделяют половому акту так много внимания и исполняют его не только в целях продолжения рода.

И еще он понял, какое это имело значение для его миссии. Его задача не ограничивалась *изучением* людей, для этого не стоило засылать его в это тело. Нет, самое главное получить *ощущение*, что́ значит быть человеком. Вот что необходимо, чтобы действительно понять их.

Он встал и подошел к окну. На улице было облачно и ветрено. Внизу, на перекрестке, стояла женщина с кудрявыми рыжими волосами и нарисованными на щеках сердечками.

— Карнавал, — сказал он, и потом вспомнил, что сегодня вечером сюда вернется жена Бернхарда Абеля, и они снова смогут заняться этим сексом.

***

Доктор Юрген Ребер сидел в скоростном поезде, направляющемся в Берлин, в кармане у него лежала синяя коробочка с обручальным кольцом, а по коже бегали мурашки. Но это было в порядке вещей, если собираешься сделать предложение своей возлюбленной, не правда ли? Хотя он, конечно, точно не знал, что на самом деле сможет измениться после свадьбы. Что Сюзанна не захочет уезжать из Берлина — гарантированно. Значит, ему придется искать работу там, но это он мог сделать уже давно — и не сделал.

Не думать об этом. Будь что будет. Он попытался успокоиться.

Вовсе не спокойно его встретила Сюзанна.

— Ведь я приглашена на «Бал ведьм»! — произнесла она, задыхаясь.

За следующие десять метров, которые они прошли по перрону, Ребер успел узнать, что это некое карнавальное секретное общество, членами которого были только женщины, и оно существует исключительно ради того, чтобы раз в году в четверг устроить легендарную вечеринку.

— Там встречаются депутаты, менеджеры, редакторы, все сливки женского общества. Какие знакомства там можно завязать! И только женщины. Короче, я обязана быть там. — Сюзанна достала ключи от машины. — А ужин при свечах и музыке перенесем на завтра, ладно? Ты не обидишься, если я просто подброшу тебя до дома? Мне еще надо успеть в парикмахерскую и выбрать костюм.

Через некоторое время Ребер стоял в удивительно тихой квартире перед открытой морозилкой и рассматривал быстрозамороженные блюда. Ни одно из них ему не нравилось. По телевизору показывали больничный сериал, карнавальный вечер в Кельне и всякую ерунду.

Он накинул куртку и решил прогуляться под берлинским небом.

Проехав пару остановок на метро, он добрался до того места, где в его студенческие годы было немало модных баров и дискотек. Некоторые из них по-прежнему работали, — как будто время остановилось. Ребер пошел за толпой, сталкиваясь на ходу с медведями, индейцами и клоунами, и в переполненном баре с трудом протиснулся к стойке, чтобы заказать себе пива. Он подслушивал разговоры в прокуренных углах, похожие на те, что сам вел, когда был молодым. Девушка, на теле которой непонятно где кончалась одежда и начиналась краска, эротично и самозабвенно танцевала в кругу мужчин, не спускавших с нее глаз. Ребер тоже не спускал.

Недалеко от стойки расположилась другая девушка — с синими волосами, которая ему кого-то напомнила. Она что-то объясняла мужчине в грязно-зеленой куртке. Мужчина ушел, а девушка вдруг подошла к Реберу и воскликнула:

— Вот это да!

Он сразу же вспомнил: это секретарша профессора Шмидта, его бывшего научного руководителя.

— Синий — все еще ваш любимый цвет, — отметил Ребер, потому что не мог придумать ничего другого.

На этот раз даже губы девушки были накрашены синей губной помадой, а узкий топик с трудом прикрывал большую грудь.

— Он уволил меня, ваш профессор. Через два дня после того, как вы приходили. Вот такие у меня новости. — Она показала пальцем через плечо. — Но я ему отомщу. Это был журналист. Я продам ему историю с инопланетянином. Как вы это находите?

— Ого, — удивился Ребер. — Я не знал, что такое возможно.

— Я тоже удивлена, что возможно, — сказала девушка, многозначительно улыбаясь. — А как вы здесь оказались, совсем один?

Ребер заметил, что и ее длинные ресницы отливают синевой.

Глава двадцать первая

Упругая округлая грудь выглядывала из-под одеяла, и темное пятно соска выделялось на белоснежной коже, сильно контрастируя с синим лаком на ногтях руки, спокойно лежавшей на одеяле, и синими прядями волос...

Юрген Ребер резко приподнялся в кровати. Нет! Голый. В чужой постели. Этого не может быть!

Его взгляд наткнулся на часы, которые показывали половину восьмого. Черт побери!

Ребер вылез из кровати и начал собирать свои вещи, раскиданные по всему полу. В этот момент девушка вздохнула и, не просыпаясь, перевернулась на другой бок. Он даже не знал, как ее зовут. Неплохо, если учитывать, что он приехал в Берлин, чтобы сделать предложение Сюзанне. Теперь об этом лучше не думать.

Как это он только?.. Некоторое время Ребер стоял в носках и в трусах и не мог решить, что ему делать. Смотрел на узкое и невообразимо высокое окно, в котором домá на другой стороне улицы казались совсем близкими. Оттуда запросто можно было наблюдать за всем, что они вчера вытворяли. Нет, надо отсюда сматываться. Ребер быстро натянул на себя одежду — невероятно, как громко шуршала ткань, — разыскал обувь и вышел наружу, затаив дыхание и тихо защелкнув замок двери.

Огромная, видавшая виды лестничная площадка. Навстречу Реберу по лестнице поднимался мужчина в светло-зеленой куртке, взглянувший на доктора так, будто все его проступки были написаны у него на лбу. Ребер прошел мимо, невнятно пробурчав:

— Здрасьте.

— Извините, — обратился к нему мужчина.

Ребер остановился и оглянулся, готовясь к побегу.

— Да?

— Вы не знаете, где живет госпожа Фельдхаймер? — Во взгляде мужчины было что-то колющее. — Мне сказали, что на пятом этаже.

— Без понятия. — Ребер покачал головой. — Я... я нездешний.

— Ясно, — мужчина понимающе кивнул.

Дальше. Вниз, наружу. Водитель такси только моргнул уставшими глазами, когда он торопливо сел в машину и назвал адрес. Уже в пути Ребер вспомнил, что стоит проверить свой кошелек. Все на месте. Мало наличных, но и вчера вечером их было ненамного больше.

— Вы кредитки принимаете? — спросил Ребер, боязливо поглядывая на счетчик.

Таксист внимательно посмотрел на него, повременив с ответом.

— Конечно.

Тысячи отговорок приходили Реберу на ум. Где-то в глубине его мозга обнаружилась творческая жилка, о существовании которой он никогда до этого не подозревал. Но отговорки эти совершенно не годились. Это был конец. Сюзанна просто-напросто вышвырнет его вон.

Но — слава тебе господи, ангел-хранитель всех неверных не покинул его! — квартира была пуста и находилась в том же состоянии, в каком он оставил ее. На автоответчике было одно сообщение, записанное в половине четвертого ночи. Сюзанна, слегка навеселе, говорила:

— Алло, Юрген? Ты уже спишь? Слушай, мы тут еще зашли к Маргит, я, наверное, у нее переночую. — На заднем плане слышался громкий женский смех. — Я утром принесу всякие там булочки, мы отлично позавтракаем. Не обижайся, о’кей?

Это его шанс! Небеса сжалились над ним! Ребер торопливо направился в спальню, бросился на кровать, повалялся, покрутился, покатался на ней, откинул одеяло и снова встал. Да, выглядит однозначно так, словно ей пользовались. Ребер распахнул окно, чтобы объяснить потом отсутствие после сна спертого воздуха, снял с себя одежду и голым пошел в ванную. Стоп, пижама! Хорошо, что все равно не совсем свежая. На крючок за дверь в ванной, там, где она всегда висела. И теперь под душ, удалять улики.

Ребер долго стоял под горячим душем. Осматривая свое тело на наличие царапин и засосов, он гадал, чем понравился этой девочке. Он ведь следил за взглядами других парней в баре, — она могла выбрать любого...

Ребер не жалел о случившемся. Протерев запотевшее зеркало, он посмотрел на свое отражение и признался, что это был лучший секс в его жизни.

Сюзанна вернулась в половине двенадцатого. Они завтракали, и она рассказывала ему, с какими важными людьми успела вчера познакомиться. Они долго и молчаливо гуляли, вечером сели за ужин при свечах и потом вместе пошли спать. Было, как бы это сказать, нормально.

На следующее утро, когда Юрген Ребер возвращался домой, футляр с обручальным кольцом по-прежнему лежал в его кармане.

***

На улице темнело. Профессор Герхард Шмидт занимался административной ерундой, от которой с большим удовольствием отвлекся, когда зазвонил телефон. Он снял трубку.

— Алло.

— Английский пациент отправился в путешествие, — произнес на другом конце провода голос с британским акцентом.

Невропатолог выпрямился.

— Значит, все-таки правда. И? Известно — куда?

— По нашим сведениям, он принимает участие в учебной поездке в Кельн.

Глава двадцать вторая

Каждое утро наступал этот момент преображения: после вони мочи в гараже, облаков выхлопных газов на улице и прогорклого запаха вчерашнего жира из соседних забегаловок открыть стеклянную дверь парфюмерного магазина и войти в мир благоуханий, окутаться цветочными и фруктовыми ароматами, чувственным и тяжелым мускусом. Это был другой мир — светлый, сияющий, чудесный. Мир, не имевший ничего общего с холодными стенами и злобными лицами вне его. Эвелин стоило только открыть дверь, чтобы почувствовать, как она вырастает и выпрямляется, превращаясь в кого-то другого, в кого-то из иной сферы бытия.

Хотя в последнее время она и так постоянно проживала в иных сферах. В этом была заслуга Бернхарда, которого словно подменили начиная с того вечера, когда она взяла инициативу на себя. Его сексуальное пробуждение не переставало удивлять ее: он походил на юношу, ему всегда было мало. И это происходило таким невинным, любознательным образом! Объяснить это тем, что в тело ее мужа вселился инопланетянин, который прибыл на Землю, чтобы исследовать жизнь людей, было бы, наверное, самым логичным.

Кроме того, он стал намного чутче, чем раньше, не таким неуклюжим, неловким, ненамеренно грубым, — словно он подключился к ее нервной системе и точно знал, что ей нравится, а что нет. «Сказка» — единственное слово, более-менее подходящее для описания того, что происходило с ней по ночам.

— Твой хахаль вчера вечером опять звонил, — встретила ее Доротеа, которая по неизвестным причинам переходила на австрийско-баварский акцент, когда делала сообщения эмоционального содержания.

— Правда? — Эвелин пыталась не показать свои чувства. Это была капля горечи в ее счастье.

— Он просил передать, что будет ждать тебя в обеденный перерыв. В вашем ресторане.

— Хорошо. — Эвелин взяла себя в руки, улыбнулась. — Спасибо.

— Но... — Доротеа не отставала от нее, пока она шла вглубь магазина. — Эви, только ты вернись вовремя. Мне сегодня к глазному. Я два месяца ждала приема.

— Конечно.

Еще пять минут до открытия. Она пойдет. Она встретится с ним и сделает ему больно.

***

Уже несколько дней Бернхард Абель проводил в городской библиотеке. Он просиживал там первую половину дня, читая книги по биологии, зоологии и половому воспитанию. Поразительно, что он узнавал. Он читал о гомосексуальных гусях, онанирующих оленях и беспорядочной половой жизни дельфинов. Узнал о том, что у норок и соболей половой акт длится около восьми часов, а любовный роман медведей гризли — всего около месяца, и только один раз в два-три года, после чего они расходятся и больше не встречаются друг с другом. И что самка мантиса, обыкновенного богомола, съедает своего партнера во время спаривания, пока от него не останется только задняя часть, где и находятся его половые органы. Но все эти любопытные детали не могли отвлечь его внимания от того, что на этой планете Земля нет ни одного живого существа, настолько помешанного на сексе, как человек. Было много разновидностей животных, которые совокуплялись дольше, чаще и сильнее, но только человек был готов к половому акту в любое время года, почти на протяжении всей своей жизни и вне зависимости от того, имеет ли это значение для продолжения рода. Гомо сапиенс — единственный вид, жаждущий наблюдать за спариванием своих сородичей. С другой стороны, это единственный вид, создающий всевозможные трудности вокруг всего, что связано с половой жизнью. Бесчисленные нравственные фобии и ограничения старались опередить друг друга в борьбе за право внушить человеку чувство вины из-за того, что он так часто занимается сексом и еще больше думает о нем.

И хотя Бернхард Абель не был человеком, а только находился в человеческом теле, он понимал эти чувства. Абель воспринимал соблазны, которые исходили от людей женского пола, с которыми он встречался. Видел, каким образом они подчеркивают свои вторичные половые признаки и как одеваются, замечал их взгляды и их походку. В то же время он чувствовал преграды, выработанные его телом за долгие годы. И знал, что не может просто так подойти к этим женщинам: от него требовалось, чтобы он контролировал свои инстинкты.

— Бернхард Абель? — произнес кто-то.

Он оторвал взгляд от книжки и поднял голову. Рядом с ним стоял седоволосый мужчина в твидовом пиджаке. Его густые, ровно подстриженные усы напоминали щетку, и он выжидательно смотрел на Абеля.

— Чем могу помочь? — спросил Абель.

— Меня зовут Борза, — представился мужчина. Только сейчас Абель понял, что они говорят по-английски. — Мы знакомы, но, боюсь, вы меня не помните.

Абель взглянул на мужчину, но действительно не смог его вспомнить.

— *Indeed not*, — произнес он автоматически. Знание английского языка, доставшееся ему от Бернхарда Абеля, не подвело его.

— Я оттуда же, откуда и вы. Только попал на эту планету на двадцать два года раньше вас. — Мужчина сделал пригласительный жест рукой. — Давайте прогуляемся по парку.

— Зачем?

— Я пришел сюда, чтобы помочь вам вернуть память, ваше настоящее имя и все, что связано с экспоненциальным дрейфом.

Глава двадцать третья

Они зашли в городской парк.

— Как вы меня нашли? — спросил Абель.

— Через канал. Вы подаете сигналы. И если знать, на что надо обращать внимание, их можно принимать. — Человек с седыми усами по имени Борза, который говорил по-английски, сделал пригласительный знак в сторону стоящей неподалеку скамейки. — Присаживайтесь.

Было холодно, и собирался дождь. Бернхард немного помешкал, но сел.

— Что такое канал?

— Наше настоящее средство коммуникации, — ответил Борза. — Ваш доступ уже немного приоткрылся, но мне кажется, что вы не сможете пользоваться им в полном объеме, пока находитесь на Земле. Это цена, которую вы должны заплатить.

— Заплатить? За что?

— За удачное слияние. Было ясно, что вам придется чем-нибудь пожертвовать. Включая бóльшую часть ваших воспоминаний, — они бы только мешали вам при выполнении этой миссии. Речь идет о человечестве и его будущем.

Абель кивнул.

— Можно конкретнее?

Борза покачал головой.

— Нет. Я не имею права говорить об этом. По крайней мере сейчас. Слишком обширное знание о нашем мире поставит под угрозу вашу миссию. Вы понимаете это?

Абель не понимал, но какое-то неясное, смутное чувство подсказывало ему, что Борза прав. Что он не имеет права пересекать некоторые границы.

— Вы хотели объяснить мне, что такое «экспоненциальный дрейф».

— Да, экспоненциальный дрейф. Трудно объяснить. Это, конечно же, понятие из нашего мира, приспособленное к языку людей. Сначала я должен буду растолковать вам все истоки этого вопроса, не покидая сферу человеческого мышления. Поэтому, возможно, понадобится несколько попыток, чтобы досконально осознать проблему. — Борза немного помолчал. — Я думаю, вы знакомы с понятием «континентальный дрейф»? Теория дрейфа материков, когда материковые плиты незаметно, но постоянно двигаются и сталкиваются друг с другом. Вы представляете, о чем я говорю?

Абель кивнул.

— Хорошо, — Борза откинулся на спинку скамейки и взглянул на затянутое серыми тучами небо. — Люди давно уже знают, что их Солнце — это звезда, а Земля — одна из девяти планет Солнечной системы. С тех пор, как они это узнали, они стремятся найти ответ на вопрос: существуют ли другие галактики, похожие на их, и есть ли другие звезды с такими же планетами? Они ждали ответа несколько столетий — до 1995 года. В тот год некий Мишель Майор из Женевского университета вместе с Дидье Квелоц обнаружили, что вокруг солнцеподобной звезды *51 Пегаса* совершает оборот массивный спутник, *51 Пегаса b*. Таким образом, была найдена первая планета за пределами Солнечной системы. Но люди не прекратили свои поиски. В общей сложности, на нынешний февраль у человечества есть сведения о семидесяти семи экстрасолнечных планетах. Все они газовые гиганты, в радиусе — больше, чем Юпитер, потому что еще не разработаны методы поиска более мелких планет. Но, тем не менее, ответ на вопрос найден. — Борза взглянул на Абеля. — А теперь скажите мне, удовлетворит ли человечество этот ответ? Или они будут искать дальше? Вы можете себе представить, что они прекратят поиски до того, как найдут планету, похожую на планету Земля?

— Нет, — ответил Абель без промедления.

— Они не прекратят, правда? Немыслимо. Они будут строить все более и более мощные телескопы и не прекратят свои поиски, пока не найдут вторую Землю. Примерно лет через пять — десять они обнаружат планету, пригодную для жизни. — Борза замолк и подождал, пока мимо них пройдет мужчина с маленькой собачкой на поводке, после чего продолжил: — А теперь я снова спрашиваю: вы уверены, что они не будут пытаться добраться до нее?

Абель надолго задумался. Он чувствовал, как одно только упоминание об ином мире вызвало в нем возбуждение, ненамного отличающееся от сексуального.

— Будет очень трудно преодолеть такие расстояния, — сказал он.

— Конечно, очень трудно. Но мой вопрос не об этом. Я спросил вас: считаете ли вы, что люди когда-нибудь прекратят попытки достичь второй планеты Земля?

Абель покачал головой.

— Нет.

— Вот именно! Может быть, пройдет тысяча лет, или две тысячи, а может быть, только пятьсот или сто, но мысль о том, что где-то там, в космосе, есть планета, похожая на планету Земля, не даст им покоя. Факт, что добраться до нее нелегко, только еще больше подхлестнет их. Они не пожалеют никаких жертв и затрат, до тех пор пока нога первого из них не ступит на землю этого нового мира. — Борза вновь посмотрел на небо, словно уже знал, где находится звезда, о которой шла речь. — И как вы думаете, что случится после того, как они изучат и заселят этот мир? Успокоятся они или продолжат поиск другой такой планеты?

Слова незнакомца произвели на Бернхарда большое впечатление.

Борза по-приятельски похлопал его по плечу.

— Подумайте над этим, Коаирин.

После чего он встал и удалился.

Глава двадцать четвертая

Эвелин Абель зашла в ресторан, крепко прижимая к себе сумочку, словно та нуждалась в защите. Она оглянулась и, нигде не заметив Вольфганга, уже начала надеяться, что он передумал и не пришел. Но стоило ей развернуться, чтобы пойти обратно, как он возник перед ней, будто вырос из-под земли, и, криво и как-то злорадно улыбаясь, указал на столик возле входа.

— Вон там.

Эвелин внимательно смотрела на Вольфганга, пока официантка равнодушно принимала заказ. Он делал вид рассеянного, уставшего человека, который плохо спал уже несколько недель. Специально для встречи с ней он надел костюм с галстуком, что было непривычно и выглядело как маскировка.

— Давно тебя не видел, — с укором произнес Вольфганг после того, как девушка в белом фартуке отошла и началось ожидание.

— Я не могла, — попыталась оправдаться Эвелин, так как еще не набралась сил для того, чтобы нанести решающий удар.

— Ты заставляла людей врать мне! — Он достал сигарету. Зажигалка в его руке сильно дрожала. — Ничего не говори. Я все знаю. Я с телефоном стоял перед магазином и следил за тобой. И читал по губам, как ты говоришь: «Меня здесь нет».

— Я не могла, — повторила она и стала рассматривать скатерть. Белая льняная ткань, накрахмаленное крепкое полотно, которое можно стирать и гладить каждый день, и при этом оно не теряет вида. — И... в будущем я тоже не смогу, Вольфганг. Я больше не смогу. — Эвелин подняла голову и хотела добавить, что «все кончено», но замолкла, когда увидела его бледное как мел лицо.

Вольфганг вынул сигарету, которую только что закурил, и потушил ее в пепельнице: раздавил, поломал, уничтожил ее.

— Я понял, — он кивнул. Затем кивнул еще раз, сильнее, в то время как его руки, как будто им больше нечем было заняться, снова схватились за пачку. — Правильно, а чего я ожидал? Я ведь для тебя просто затычка. Тебе был нужен кто-нибудь, чтобы водить тебя в ресторан, вешать твои шторы, в то время, когда твой муж временно отсутствовал. За это иногда выдавалось немного секса, — и все, хватит! Прекрасно! Поздравляю тебя, ты отлично с этим справилась!

Эвелин с горечью вздохнула.

— Все было не так, Вольфганг. И ты прекрасно это знаешь. — Она заметила, что яростно крутит свое обручальное кольцо. — Не нужно все портить.

Вольфганг снова закурил и жадно затянулся. Его взгляд был устремлен наружу, на улицу. Он следил за машинами, за прохожими, напряженно искал кого-то. — Он знает о нас?

— Кто? Бернхард? Нет. Я думаю, нет.

— А что бы он сделал, если бы узнал?

Эвелин недоверчиво посмотрела на Вольфганга. На его лице появилось злое, жестокое выражение, которого она никогда раньше не видела и не ожидала увидеть.

— Ты шутишь.

— Кто его знает, — произнес он без всякого выражения, — может быть, нет.

***

Бернхард еще долго сидел на скамейке, не обращая внимания ни на моросящий дождик, ни на людей, проходящих мимо и рассматривающих его из-под зонтов.

Коаирин. Это на самом деле его имя, его настоящее имя? Имя души, которая вселилась в тело человека под именем Бернхард Абель?

Коаирин. Это слово вызывало странные отзвуки внутри него. Но на самом ли деле это его имя? Он не был уверен. По крайней мере, на данный момент он мог отождествить это слово с самим собой. В его ушах оно звучало как необычное звание или почетный титул. Но у него были уши человека.

Итак, ему удалось совершить *слияние*.

Мысль об этом как-то зацепила его, принесла с собой странные облики, взятые из лихорадочных снов. Разговоры, встречи, слова, наполненные надеждой. *Слияние.* Оно было связано с ответственностью, еще неясной, непонятной, туманной. И возникло четкое понимание: он останется в этом теле надолго. На несколько лет. Это не что-то кратковременное, непостоянное. Его миссия планировалась как долгосрочная и, возможно, была рассчитана на несколько десятков лет. Он должен будет действовать осторожно, следить за своими поступками, часто и подолгу ждать.

Потому что тени на самом краю его сознания были намного важнее, чем он думал. Это — враги. И он должен будет сразиться с силами, которые чрезвычайно могучи и абсолютно безжалостны.

***

Первого марта 2002 года в 6 часов 22 минуты по времени Восточного побережья США в рамках экспедиции STS-109 произошел запуск космического корабля «Колумбия» с целью проведения техобслуживания телескопа «Хаббл». Сделав в общей сложности пять выходов в открытый космос, астронавты должны были заменить солнечные батареи телескопа, находящегося на орбите Земли с 1990 года, а также обновить системы энергоснабжения, систему охлаждения камеры инфракрасного диапазона, вышедшую из строя в 1999 году, и установить еще одну камеру. Цель этих работ заключалась в том, чтобы в десять раз повысить дальнобойность и остроту зрения самого мощного телескопа, когда-либо находившегося в распоряжении человечества. Таким образом люди надеялись не только косвенно доказать, но и непосредственно увидеть экстрасолнечные планеты.

Иными словами: сделать снимок другой Солнечной системы.

Глава двадцать пятая

Высокие потолки выставочного павильона глушили многотысячный беспрерывный гул голосов. Передвижные стены направляли толпы людей в узкие, как лабиринты, ходы между яркими выставочными стендами. Бесконечные ряды мигающих компьютерных экранов, зазывающих проходящих мимо посетителей. Сумки для огромного количества рекламных подарков и проспектов, столь типичные для выставки CeBIT, которые в конце дня все равно окажутся в мусорных контейнерах у выхода.

Во всей этой суете никто не обращал внимания на двух человек, которые присели на широкие ступени лестницы Convention Centre посреди огромной толпы других посетителей. Один из них был высокий худощавый мужчина с суровым выражением лица и для его возраста — ему было немного за сорок, — необычно седыми волосами.

— Не так много народа, как раньше, или мне кажется? — спросил он, одновременно пытаясь поставить свой чемоданчик таким образом, чтобы его не сбили.

— Меньше компаний выставляют, — произнес сердитым басом другой — крупный бородатый мужчина. — Даже в новостях передавали. — Вокруг него лежала впечатляющая коллекция пакетов и сумок с рекламными сувенирами. — Я сильно обеспокоен.

— Обеспокоен? — Ив Леманн с удивлением взглянул на него. — С каких это пор?

Лутц Фейдлер угрюмо посмотрел вокруг и убедился, что их никто не может услышать.

— Нам не стоит ждать до третьего июня. Наплевать на юбилей. Давайте действовать как можно скорее. Пока это еще возможно.

Леманн вздохнул.

— Пожалуйста, не паникуй. Тем более Петер еще не закончил свою часть.

— Он хотя бы знает, что́ будет передавать?

— Он даже говорит, что у него есть гениальная идея. Но ты же знаешь его, — подробности только после того, как все будет готово.

Бородатый компьютерный специалист фыркнул и достал из сумки несколько проспектов.

— Вот. Из семнадцатого павильона. Новые протоколы безопасности. Концепция безопасности информационных систем. Идентификация на основе биометрических данных. Они в этот самый момент перестраивают Интернет, поверь мне. Скоро смогут отследить каждый пакет данных. Будет точно известно, откуда он, куда движется, кто и зачем его послал.

— До июня осталось одиннадцать недель. За это время вряд ли произойдут какие-то существенные изменения, — возразил Ив Леманн, но все-таки, наморщив лоб, бросил взгляд на брошюры.

— Кстати, о безопасности. — Лутц наклонился вперед. — По-моему, наш друг Вольфганг может нас подставить. Ты слышал о том, что эта женщина недавно бросила его?

— Ну, что поделаешь. Переживет.

— Похоже, не переживет. Знаешь, что он делает? Он шантажирует ее. Хочет, чтобы она в последний раз провела с ним выходные, или он все расскажет ее мужу.

Ив Леманн с недоверием посмотрел на собеседника.

— Ты ведь шутишь, да?

— Я о таком не шучу, — возразил Лутц Фейдлер, который тоже когда-то увел свою жену у другого. — Позаботься о нем, Ив. Тебя он слушается. Пригласи его к себе, или что-нибудь такое. А то он совсем с ума сойдет.

***

— Юрген! Перезвони мне, пожалуйста, как можно скорее. — Гудок. Потом еще раз, уже немного раздраженно: — Это опять Сюзанна. Слушай, где тебя носит? В больнице до тебя тоже не дозвониться. Перезвони мне, пожалуйста, это важно. — Еще один гудок, и пленка остановилась. Красная сигнальная лампа на передней панели перестала мигать.

Юрген Ребер почесал подбородок, посмотрел на свое отражение в зеркале возле вешалки — он выглядел сильно уставшим, — и потом бросил взгляд на календарь, висевший рядом с зеркалом. Важно. Ах, вот оно что! То есть госпожа Сюзанна Мангельсдорф соизволила заранее распланировать пасхальные выходные. Наверное, ей предложили вступить в секретное общество пасхальных зайчих или что-нибудь в этом роде, и она просто желала убедиться, что он в это время занят на работе. Ребер решил, что не стоит спешить с ответным звонком, накрыл телефон и автоответчик огромной подушкой, которая специально для таких случаев лежала рядом с гардеробом, и пошел спать.

На следующее утро он проснулся из-за долгого звонка в дверь, который раздался за пять минут до того, как зазвонил будильник. На пару секунд ему в голову пришла странная мысль, что разъяренная Сюзанна могла выехать к нему ночью, и теперь именно она стоит за дверью. Но ведь такого не могло быть!

Этого и не произошло. За дверью стояли двое коренастых мужчин в серых плащах и с одинаково равнодушным выражением лиц. В руках у одного из них было удостоверение.

— Зеранский, — представился он. — Отдел по расследованию убийств. Я говорю с доктором Юргеном Ребером?

Ребер кивнул, и ему показалось, что все происходит во сне.

— Да.

— Вы знакомы с госпожой Верой Фельдхаймер?

— Нет. — Странный сон. — Первый раз слышу.

— Может быть, видели? — Рука с удостоверением исчезла в кармане и вернулась с фотографией. Юрген посмотрел на нее и стал сомневаться в том, что еще спит.

На фотографии была синеволосая девушка из Берлина.

Глава двадцать шестая

Ребер взял фотографию в руки. Никаких сомнений — это была она. Взъерошенные волосы, выкрашенные в ярко-синий цвет. Насмешливый взгляд.

— Что с ней? — спросил Ребер и едва слышал, что отвечал ему недовольным голосом полицейский. Что она мертва, убита, и как раз поэтому они здесь.

Он четко слышал, как в его ушах билась кровь. Ему стало холодно, словно все его органы покрылись инеем.

— Она была секретаршей моего научного руководителя, — услышал он собственный голос, — профессора Шмидта из...

— Мы знаем об этом, — перебил его полицейский. — Нам нужно выяснить, были ли вы вместе с ней в ночь с седьмого на восьмое февраля 2002 года.

— Я?! — Юргену Реберу не хватало воздуха. Иней вокруг его внутренностей превратился в толстый слой льда. — А почему вы ко мне пришли?

Полицейский забрал фотографию обратно.

— Следователи нашли таксиста, который вспомнил, что утром 8 февраля перед домом пострадавшей к нему сел пассажир, у которого был весьма рассеянный вид. Он также запомнил, куда отвез этого пассажира, в какой подъезд тот зашел, и смог описать его. По этим показаниям наши берлинские коллеги изготовили составной портрет, и изображенный на нем мужчина был опознан несколькими свидетелями как друг некой Сюзанны Мангельсдорф, которая, в свою очередь, и дала нам ваш адрес. И поэтому мы пришли к вам, — равнодушным тоном пояснил полицейский. Только когда он продолжил, можно было услышать злую нотку в его голосе. — После того, как была проделана вся эта работа, таксист еще вспомнил, что этот пассажир расплатился кредитной карточкой. Мы, конечно, уже сравнили имя на банковской квитанции с вашим. И, конечно же, оно совпадает. Так что, может быть, давайте мы пройдем в квартиру, и вы все нам расскажете.

***

— Доротее он понравился. — Так объяснила Эвелин то, что потащила его на этот фильм.

Ведь он, Бернхард, уже полгода на ногах, и они могли разок выйти погулять, как в былые времена. За Терезой присматривала соседка, знакомая девушка, уже не раз сидевшая с их ребенком. А коллега Эвелин была заядлой киноманкой, еще ни разу серьезно не ошибившейся в своих оценках.

Значит, «Игры разума». Фильм вышел в прокат всего неделю назад. История жизни гениального математика Джона Нэша. На экране показывали студенческие годы Нэша, как он прогуливал лекции и беспрерывно пытался найти задачу, решение которой прославило бы его. Показывали, каким образом юному математику пришла идея написать ту статью, которая спустя несколько десятков лет принесла ему Нобелевскую премию по экономике. Как его приняли на работу в Минобороны США и после завербовали в качестве специалиста по расшифровке кодов. Как он разгадывал тайные сообщения, оставлял свои отчеты на конспиративных явках, и как за ним следили вражеские агенты. Но вдруг, совершенно неожиданно, выясняется, что весь «агентский» сюжет — всего лишь часть шизофренической фантазии математика, и зритель находится в глубоком недоумении — на каком месте он покинул реальный сюжет и погрузился в запутанный мир главного героя?

Когда они выходили из кинотеатра «Метрополь», у Бернхарда возникло неприятное чувство, что он увидел свою собственную жизнь. Ведь он верил в такие же немыслимые вещи. Был убежден в том, что он — инопланетянин, проживающий в теле человека. Его встречи с сородичами — человеком в красной куртке, который приходил к нему в ноябре, англичанином в парке... Его миссия... Разве у него есть хоть какое-то доказательство, что все на самом деле так, как он думает? Намного вероятнее, что эти бредовые представления — в лучшем случае последствия его комы, в худшем — предвестники начинающейся шизофрении.

Бернхард посмотрел на женщину, идущую рядом с ним. Эвелин... Он заставил себя вспомнить ее имя. Она умышленно повела его на этот фильм? Чтобы он снова начал ходить на прием к невропатологу Гану?

И может быть, это и есть единственно правильное решение?

Но мысли Эвелин, кажется, были заняты совсем другим.

— Кстати, я недавно разговаривала с бывшей одноклассницей, она пригласила меня к себе, — сообщила она. — На выходные после Пасхи. Ее муж с детьми уезжают, и мы с ней сможем спокойно поболтать о былых временах.

Было что-то странное в том, как она это сказала. Слова звучали как-то отстраненно, будто Эвелин разговаривала сама с собой, но в то же время она была напряжена до предела. Бернхард чувствовал, что Эвелин о чем-то умалчивает, как другие чувствуют электромагнитное поле.

— Ты ведь справишься, да, Бернхард? — Она посмотрела на него. Ее глаза беспокойно бегали из стороны в сторону, словно их движения передавали тайный код.

Реакция Бернхарда была подсознательной.

Он открыл *канал* и начал читать ее мысли.

Глава двадцать седьмая

И вот какая правда скрывалась за ее словами: Эвелин изменяла ему с другим мужчиной, изменяла уже несколько лет, с тех пор, как он впал в кому, и продолжала изменять после того, как он очнулся. Она ничего не сказала ему и тайно, под различными предлогами, продолжала встречаться с любовником. Все это время она обманывала его. Обманывала и сейчас: на те выходные любовники договорились о встрече в каком-то отеле. А ее подруга знала об этом и была готова предоставить ей алиби.

Он тяжело выдохнул и наклонился вперед, как будто ему кто-то с силой ударил кулаком в живот.

— Бернхард! — воскликнула Эвелин. — Что случилось?

Он хотел завопить, вытолкнуть всю накопившуюся в нем боль наружу. Высказать ей в лицо все, что он узнал о ней с помощью *канала*.

«*Нет*, — произнес изумительно сдержанный голос внутри него. — *Ты не можешь этого знать. Такой штуки, как канал, — не существует*».

«Но это еще не все. Имя этого мужчины — Вольфганг Кренц. Его профессия — радиоастроном. Вот его внешние данные, его адрес, номер его машины».

«Читать мысли невозможно. Это галлюцинации шизофреника, и ничего более».

Ему казалось, что два голоса вели переговоры в его голове. (Кстати, разве это не доказательство того, что он болен?! Ведь шизофрения и есть раздвоение.)

«*У тебя есть адрес*, — говорил ему один голос. — *Ты можешь пойти и проверить, так ли это на самом деле*».

«*Хорошо*, — говорил другой. — *Но до того времени — молчок!*»

— Все нормально, — сказал Бернхард и выпрямился. — Ничего не случилось.

Эвелин покачала головой.

— Кино плохо повлияло на тебя. Давай сегодня раскошелимся на такси до дома.

***

Ведь он знает, что это безумие. Дикая ревность. И если он решит разыскивать соперника, пойдет по этому адресу, то только раззадорит свою ревность. Надо признать: никто не был уверен, что он очнется после комы. Абсолютно естественно, что она искала крепкое плечо. Другого — живого спутника жизни. К тому же, он не понимал ее желаний и полностью игнорировал ее потребности после того, как пришел в себя...

Но мысль о том, что она отдалась другому мужчине, причиняла боль. Причиняло боль и то, что он знал о ее страстном желании. Желании другого мужчины...

Он старался понять, расставить все по своим местам, найти состояние равновесия. Но как он ни пытался, эти чувства оставались вне всякой логики. Это был океан кипящей ярости, бездна отчаяния, лихорадочные приступы, чистый яд в его венах.

Англичанин говорил о том, что слияние было успешным. Он это имел в виду? Цена была вот такой?

И — сказал ли он это на самом деле? Или сам англичанин и встреча с ним в парке были всего лишь галлюцинацией?

Бернхард боролся с самим собой, в то время как Эвелин внимательно и недоверчиво следила за ним. Ей было невдомек, что он все знает. Думает, что знает.

И он снова смотрел телевизор и читал газеты. Как раз в эти дни везде обсуждалось спорное голосование в бундесрате, верхней палате парламента. По всем каналам показывали, как министр-президент Штольпе говорил «да», его министр внутренних дел Шенбом говорил «нет», а глава бундесрата Воверайт переспрашивал и всю эту путаницу посчитал за «да». Возникла суматоха, и представители оппозиции покинули зал. А на следующий день стали поступать сведения о том, что все это было не спонтанным возмущением, а заранее запланированной и обговоренной акцией.

«Кому еще можно доверять? — спрашивал себя Бернхард. — Нас обманывают. Мы обманываем. Мы обманываем самих себя. Бессмысленно дальше мучиться: нет другого выхода, кроме как искать этого Вольфганга Кренца». Может быть, его и гнала ревность, — но это неважно. Бернхард не мог упустить возможность узнать, сошел ли он с ума на самом деле или нет. Если Вольфганга Кренца не существует, если этот адрес не более чем его выдумка, — что ж, тогда это правда, с которой ему предстояло жить.

Бернхард дождался начала пасхальных школьных каникул, когда Терезу на пару дней отвезли к дедушке с бабушкой. На следующее утро — Эвелин только что ушла на работу, — он отправился на вокзал. Нужное ему место на самом деле существовало, и туда ездил автобус, в который Бернхард сел, не ожидая найти то, что искал. Но он нашел ту улицу и даже узнал тот дом, который видел прежде только в воспоминаниях Эвелин. Обычный многоквартирный дом с широкими балконами, стоящий немного в глубине улицы.

И возле одного звонка написано печатными буквами — «Вольфганг Кренц».

Бернхарду было больно, и он моментально понял: мысль о том, что у него шизофрения и он просто бредит, была попыткой заглушить чувство ревности. Прочитать имя на этой маленькой белой бумажке рядом со звонком было равносильно удару ножа в живот.

Ему не пришлось принимать решение о том, хочет ли он встретиться с любовником своей жены. Перед гаражом остановилась машина, из нее вышел мужчина, и они сразу узнали друг друга.

Глава двадцать восьмая

В этот день у Вольфганга Кренца было плохое настроение. Если ему начинало не везти, то скоро все шло вкривь и вкось. Как он мог забыть дома буклеты отелей, ведь он должен был договориться о *том самом дне*, решающем дне, апогее и финале грустной истории... Ладно, один раз не пообедать было не так страшно, но голодным колесить по деревням, тащиться за тракторами и неповоротливыми автобусами — это полностью вымотало его нервы. На нервы действовал и Ив! Он каждый день звонил в институт, был буквально помешан на том, чтобы пригласить Вольфганга к себе домой. Посидеть в кругу его милой семьи, пожарить мяса и попить пивка, съесть пару кило картофельного салата, который, надо признаться, отменно удавался его жене. В конце концов, сегодня утром они договорились на первое мая, но Вольфганг уже сожалел, что поддался на уговоры Ива. Ведь если что-то и могло вывести его из себя, то это был день с безупречной семьей, прилежными детишками, которые называли его «дядей Вольфгангом» и показывали ему свои игрушки. Ему, человеку, который отдавал всю свою жизнь на то, чтобы разгадать структуру космоса! Космоса, созданного, кажется, лишь для того, чтобы не дать сбыться никаким тайным желаниям человека. Он завидовал друзьям и считал, что они совершенно не ценили свои семьи: вечно жаловались на жен, сетовали на детей и завидовали ему, холостяку, и его свободе. Прекрасно!.. Судя по его сегодняшнему настроению, он не сможет отвечать за себя, если кто-нибудь хоть раз сделает подобный намек.

Из-за того, что он был неженатым, Вольфганг и получил задание наблюдать за Абелем — после того, как тот ловко ушел от ответственности, впал в кому и оставил их всех с испорченной системой. Как шпион, он следил за женой Абеля, познакомился с ней в больнице, наврал ей что-то о друге, тоже попавшем туда после аварии на мотоцикле, и узнал, что Абель не говорил ни слова, а значит, не сообщил и код, в котором они тогда так сильно нуждались. Эвелин была рада тому, что нашла, на кого опереться. Он помогал ей, когда она была вынуждена переехать в квартиру поменьше, и заодно просмотрел все документы Абеля. Но и здесь не нашлось ни кодового слова, ни намека на него.

Любовь и секс в планы не входили. Это просто произошло. Он с облегчением вздохнул после того, как было решено заново создать всю систему, и предложил Эвелин выйти за него замуж. Она ответила, что не сделает этого, пока Бернхард жив.

«Надо было пойти в чертову больницу и задушить этого типа подушкой!» — думал Вольфганг, подъезжая к своему гаражу. Выйдя из машины, он увидел Бернхарда Абеля.

Это уже было слишком.

***

Значит, Вольфганг Кренц существует на самом деле. Если только у него не шизоидный приступ, или как там это называется. Абель был удивительно спокоен, пока наблюдал за любовником своей жены, который вышел из машины и, заметив его, побагровел. Вся ревность прошла. Стало просто интересно.

— Вы?! — закричал Кренц и резко направился в его сторону. — Что вам здесь нужно? Что вы здесь потеряли, черт подери? — Его руки сжались в кулаки.

И вот уже Кренц стоит перед Абелем, глаза его буквально вылезают из орбит, он хватает Абеля за куртку и шипит:

— Что вам здесь нужно? Говорите!

— Я хотел убедиться, что вы действительно существуете, — спокойно произнес Абель и в тот же момент странным образом стал думать совсем о другом: молодой человек в красной куртке, который приходил к нему в ноябре! За день до своего визита этот человек побывал в больнице, и бывший врач Абеля, доктор Ребер, разговаривал с ним. Он не мог быть галлюцинацией. Так же, как не мог быть галлюцинацией Вольфганг Кренц, который с жаждой крови в глазах кричал:

— Да, я действительно существую, черт подери! А зачем существуете вы, Абель? Сначала соизволили впасть в кому, наплевав на всех нас: и на фирму, и на жену с ребенком, а потом — только мы все свыклись с вашим отсутствием, — просто так возвращаетесь?! Вам не хватает тех проблем, которые вы уже создали? — Кренц оттолкнул Абеля от себя. — Не могли бы вы для разнообразия заняться чем-нибудь полезным — например, умереть? — Сказав это, он развернулся и направился к дому.

У Абеля не было слов, его оглушил поток этой ненависти, но еще больше его удивили странные образы, которые он уловил. Даже не нужно было открывать *канал*. Мозг этого человека походил на мощный передатчик, он просто заставил его принять эти сигналы. Абель увидел Кренца и трех его друзей, одним из которых был Ив Леманн, его бывший шеф. Он увидел тайную, невидимую сеть, связывающую все большие радиотелескопы мира и контролируемую этими четырьмя мужчинами.

И он увидел дату — 3 июня 2002 года. Они что-то запланировали на этот день. Только он не понял — что. Но это было что-то огромное, что-то уникальное. Что-то, что войдет в историю.

Глава двадцать девятая

Доктор Юрген Ребер провел в одиночестве самые унылые пасхальные выходные в своей жизни. Сюзанна сразу же бросала трубку, как только слышала его голос. Он попытался написать ей письмо, чтобы объяснить свой поступок, но осознал, что сам не понимает, как все это произошло.

Во время допроса в полиции Ребер вспомнил о человеке в зеленой куртке, которого он в то утро встретил на лестнице и который спрашивал, знает ли он, где живет госпожа Фельдхаймер. Тогда он не знал, что так зовут синеволосую девушку, и поэтому не обратил на мужчину никакого внимания. Кроме того, у него было полно своих забот.

Конечно же, полицейские сначала понимающе смотрели друг на друга. Ничего удивительного, ведь дело явно пахло нехитрыми увертками. Таинственный незнакомец, конечно же. Но они запросили Берлин, и оказалось, что одна соседка, чья спальня, по прихоти архитектора, выходила прямо на лестничную площадку, вспомнила, что слышала, как тем утром кто-то упорно звонил в дверь госпожи Фельдхаймер, а потом до нее донеслись топанье ног по коридору и звук открывающейся двери. Когда же более точно установили время смерти, оказалось, что Вера Фельдхаймер, скорее всего, еще была жива в тот момент, когда таксист Ребера уведомил диспетчерскую о своей поездке. Этого было достаточно, чтобы оставить Ребера на свободе и сконцентрировать следствие на мужчине в зеленой куртке.

На Пасху стояла изумительная погода, идеальная для праздников. Но Ребер сидел дома, чересчур много пил, смотрел в стену и размышлял. И чем чаще он вспоминал февральские события, тем больше деталей приходило ему в голову. Ведь синеволосая девушка разговаривала в баре с мужчиной в зеленой куртке. И сказала, что это журналист, которому она хочет продать историю про инопланетян, которых искал профессор Шмидт. Может быть, она договорилась о встрече с ним. Дала ему свой адрес. Может, это и был тот самый «человек в зеленой куртке».

Журналист. Возможно, он перезванивал профессору, чтобы подтвердить ее историю?..

Мысль о том, что все эти события как-то связаны между собой, не давала Реберу спать. Он с трудом продержался до конца выходных и в понедельник утром позвонил в Берлин. Но голос новой секретарши сдержанно уведомил его:

— Профессор Шмидт в отпуске до конца недели.

— А не могли бы вы дать мне его домашний номер? У меня очень срочное и важное дело. — Еще до того, как секретарша ответила, Ребер понял, что она ни в коем случае не сообщит ему номер телефона Шмидта. — А лучше, не могли бы вы ему кое-что передать?

— Раз уж вы так настаиваете.

— Передайте ему, пожалуйста, что я знаю, кто новый инопланетянин. И чтобы он мне перезвонил.

В трубке послышался многозначительный вздох. Очевидно, девушка подумала, что он спятил.

— Послушайте, у меня нет времени на ваши глупые шуточки...

— Это такой код, — быстро добавил Ребер. — Он поймет, что имеется в виду. Это на самом деле очень, очень важно — и для него тоже.

— Инопланетяне?

— Просто кодовое слово. Передайте ему, и он вам будет благодарен, я вам это гарантирую.

Она, наверное, на самом деле дорожила своим местом. В любом случае, тем же вечером зазвонил телефон, и знакомый голос его научного руководителя осведомился, в чем дело.

— Вы ищете человека, который вышел из комы и с тех пор считает, что он инопланетянин? — спросил Ребер. — Я знаю этого человека.

— Откуда вы взяли, что я ищу такого человека?

— Ваша бывшая секретарша рассказала мне об этом, когда я приходил к вам в декабре. Покойная, — как я недавно узнал, — Вера Фельдхаймер.

— М-да... — Глубокий вздох. — Грустная история. — Профессор замешкался. — Я правильно предполагаю, что этот человек — один из ваших пациентов?

Ребер покачал головой — бессмысленный жест во время разговора по телефону.

— Сначала расскажите мне, в чем дело. Почему вы его ищете? Всю историю.

***

Эвелин в шоке смотрела на человека, за которого согласилась выйти замуж. Бернхард все знал! Совершенно спокойно он рассказывал ей, что произошло, — со всеми подробностями.

— Читать мысли? — переспросила она после того, как он закончил. — Значит, ты можешь читать мысли?

— Я не совсем уверен, — объяснил он. — Возможно, что о... другом мужчине я догадался как-то подсознательно. Что это какая-нибудь шизофреническая реакция. Но если окажется, что Вольфганг и его друзья действительно что-то запланировали на третье июня, то об этом я никак не мог узнать другим путем. Это станет доказательством.

Бернхард посмотрел на Эвелин. Его взор был полон боли.

Даже не умея читать его мысли, она знала, о чем он ее попросит.

Глава тридцатая

Она не придет. Конечно нет. Она наверняка все рассказала своему мужу. Нет, точно рассказала, ведь тот даже пришел к нему, чтобы убедиться, что он действительно существует... Нечего добавить. Ничего не поделаешь, — она выбила почву из-под ног его шантажа.

Это, наверно, и есть справедливое наказание.

Не питая никакой надежды, Вольфганг Кренц поехал к условленному месту только потому, что не смог заставить себя отказаться от номера в отеле и найти другое занятие на эти послепасхальные выходные. Время от времени он смотрел на минутную стрелку часов и клялся себе, что не будет ждать больше, чем полчаса, если она не придет.

Но она пришла. Пришла вовремя.

Он смотрел на нее как на привидение, не в силах ни сказать, ни сделать что-нибудь. Понимал только, что ни в коем случае не хочет, чтобы она заметила его удивление. Он неловко попытался поцеловать ее, но она уклонилась и попросила:

— Не приставай ко мне!

Поэтому он и не приставал. Разочарованный. По крайней мере, ее поведение можно объяснить тем, что она во время их встречи хотела в чем-то убедиться, а это, в свою очередь, может значить, что надежда еще не умерла. Надежда на общее будущее...

Их разговор не клеился, они доехали до отеля почти молча. Эвелин всю дорогу смотрела на действительно красивые пейзажи вдоль узких дорог, по которым ехал их автобус. Наверное, в этом и была причина ее молчания, — великолепие природы всегда сильно захватывало ее.

Когда они приехали, Вольфганг тайно наблюдал за Эвелин — в надежде, что она будет впечатлена и отдаст должное его усилиям, затраченным на то, чтобы найти идеальное место для их встречи. В рекламной брошюре обещали бассейн, сауну, зону отдыха и призывали: «Наслаждайтесь девственной природой на многочисленных дорожках в заповеднике через дорогу». Однако Вольфганг не только листал рекламные буклеты, но и специально ездил осматривать каждый отель. И заказал не просто комнату, а номер люкс.

Он не приставал к ней. Они по-королевски поужинали, и он не приставал к ней и после того.

— Ты говорил во сне, — сообщила Эвелин на следующее утро и проницательно посмотрела на Вольфганга. — Какую-то ерунду.

— Возможно, — согласился он, на секунду испугавшись. — Мне и снилась какая-то ерунда. — Желания, едва спрятанные за тонким занавесом страсти, всю ночь гоняли его по лабиринтам, заимствованным из романов Кафки.

— Ты бредил о радиотелескопах и о какой-то системе. И все время повторял одну дату: третье июня.

Острая боль вдоль всего горла, до самих легких. Не может быть, чтобы он... Невозможно!

— Просто тут проект один не дает мне покоя.

Она вновь проницательно посмотрела на него.

— Ты мне не доверяешь, да? С тех пор, как мы знакомы, ты никогда ничего о себе не рассказывал. Ты всегда уходишь от темы, когда кто-нибудь затрагивает ее. — Каждое ее слово было ударом электричества. — Ты провел со мной более двух лет, но не доверяешь мне даже настолько, чтобы рассказать о том, что не дает тебе спать всю ночь.

Доверие! Вот оно. Это было ключевое слово. Она интуитивно угадала его, раскрыла его недостаток, его рану, от которой он неосознанно страдал всю свою жизнь. Ему не хватало доверия. Он должен научиться доверять, чтобы выздороветь. Он расскажет ей все, и она останется с ним.

— Да, — согласился Вольфганг, и его трясущаяся рука сделала движение, которое должно было успокоить Эвелин. — Ты права, извини. Я все тебе расскажу. — Прошло немало времени, прежде чем он сумел найти слова для того, что так долго и тщательно держалось в тайне. — 3 июня 2002 года, то есть примерно через три месяца, все большие радиотелескопы мира поймают слабый сигнал из космоса, однозначно искусственного происхождения. Это станет доказательством существования внеземного разума. Потом расшифруют послание, содержащееся в этом сигнале. И выяснится, что инопланетяне враждебно настроены по отношению к человечеству.

— Это что? — спросила Эвелин. — Новое кино?

— Нет, это правда. Не позже четвертого июня это будет главная мировая новость. Согласно правилам проекта «Феникс», наследника проекта SETI*, обнаружение сигнала, предположительно посланного внеземной цивилизацией, должно быть немедленно оглашено.

— Ты ни разу не упоминал, что являешься провидцем!

— Это никак не связано с ясновидением. Радиотелескопы всего мира будут принимать этот сигнал — слабый, но четкий — несколько часов. Только на самом деле никакого сигнала не будет.

---

* «Феникс» и SETI — проекты по поиску радиосигналов от внеземных цивилизаций.

Глава тридцать первая

Эвелин Абель эта ситуация казалась нелепой. Она лежит здесь, на такой мягкой кровати, из окна виден солнечный прелестный пейзаж, а рядом с ее любовником стоит роскошный завтрак. А ее муж, который, в свою очередь, утверждает, что он пришелец с другой планеты, не только знал и был согласен на это свидание — он настаивал на нем! И вот ей вновь рассказывают какую-то ерунду про инопланетян!

— Честно говоря, я ничего не понимаю. Как можно принять сигнал, которого на самом деле нет?

— Это я как раз и хочу тебе объяснить. Посмотри вокруг себя. Что ты видишь? Людей, которые воюют за кусок пустыни. Людей, которые взрывают других, потому что те верят в другого Бога. Людей, опустошающих целые края, чтобы поднять курс акций какой-нибудь компании. Куда ни посмотришь, везде сплошное сумасшествие. Мы *нуждаемся* в этом сигнале. Срочно. Мы нуждаемся во враждебных инопланетянах, — только они смогут заставить нас объединиться и прекратить все эти бойни.

Ей показалось, что она смотрела на него целую вечность, прежде чем поняла, что он говорил серьезно.

— Это будет обман. Вы пошлете ложный сигнал.

Он кивнул с тяжелым сердцем.

— Прошло более сорока лет с тех пор, как Фрэнк Дрейк в первый раз начал искать сигналы внеземной цивилизации из обсерватории в Грин Бэнк. Нам надоело ждать. Мы решили *создать* этот сигнал.

— «Вы» — это кто?

— Нас четверо. Мы знаем друг друга со школьной скамьи. С одним ты знакома, это бывший шеф твоего мужа Ив Леманн. Его фирма является лидером на мировом рынке по запчастям, необходимым для сверхточных систем управления. Они употребляются в самых разных аппаратах, начиная с конвейерных лент и кончая установками по производству микропроцессоров, которые встроены во все большие радиотелескопы этого мира — все без исключения.

Ей казалось, что она понимает.

— Вы хотите манипулировать их компьютерами?

— Да. То есть нет. Это не так просто. У каждой обсерватории есть свои компьютеры со своими программами. Иногда они даже составляют их сами. На них невозможно воздействовать, оставаясь незамеченным.

— А как вы тогда хотите сделать это?

— С помощью управляющего устройства. Самая главная задача радиотелескопа — установить наклон и направления антенны с максимальной точностью. Также необходимо точное время, лучше всего — атомное. Только с такими параметрами можно установить местонахождение космических сигналов, которые принимает телескоп. Поэтому управляющие устройства механики интегрированы в систему определения данных.

Эвелин задумалась. Это логично? Нет.

— Управляющее устройство контролирует направление антенны, но оно не может повлиять на прием сигналов, ведь так?

— В принципе — да. Все бы под этим подписались. Но на данный момент компьютерные системы настолько взаимосвязаны, что никто не в состоянии полностью все понять. Для управляющего устройства, например, есть такие программы — драйверы, с помощью которых устройства взаимодействуют с компьютерами. И один из нас — Лутц, гениальный программист, — нашел способ ввести сведения, похожие на принятые сигналы. Все необходимые для этого функции спрятаны в драйверах устройства управления. А так как каждый радиотелескоп должен быть подключен к Интернету — хотя бы для того, чтобы установить атомное время, — Лутц контролирует каждую из этих программ.

— То есть, вы можете что-то передать через Интернет, и это будет выглядеть как сигнал из космоса.

— Так точно.

Эвелин покачала головой.

— Это у вас никогда не пройдет. Остальные ведь тоже не дураки. Кто даст гарантию, что никто ничего не заметит?

— А как они заметят? Ведь радиосигналы невидимые. Чтобы их выявить, необходимы приемники. А все высокочувствительные приемники под нашим контролем. — Вольфганг сделал движение рукой, словно отмахивался от всех контраргументов. — Это произойдет следующим образом. За пару дней до назначенной даты мы сохраним нужные пакеты данных во всех системах. Дистанционный контроль скажет нам, какой телескоп на какую небесную точку направлен. Как только один из них будет смотреть на обусловленную точку, мы подадим сигнал, и после этого все происходит автоматически. Первая обсерватория обнаруживает наш сигнал. Это неизбежно, поскольку сотни тысяч компьютеров одновременно отслеживают несколько миллиардов радиочастот, фильтруют все сигналы неестественного происхождения и поднимают тревогу, если что-нибудь обнаруживают. Потом ведутся переговоры с другими обсерваториями, и запрашивается подтверждение. Те разворачивают свои антенны и направляют их на ту же небесную точку. Но в их системах тоже действует наш вирус, и в тот самый момент, когда они нацелятся на нужные координаты, якобы принятые сигналы направляются на их приемники. — Вольфганг выглядел довольным. — Совершенная иллюзия.

Эвелин размышляла над услышанным. Значит, Бернхард прав: Вольфганг и его друзья планировали что-то на третье июня. Что-то абсолютно сумасшедшее. До того сумасшедшее, что у них действительно может получиться.

— И что вы будете посылать? — спросила она наконец.

Глава тридцать вторая

Как и над всей Германией, над Дортмундом в эту субботу, тринадцатого апреля, нависло низкое серое небо. Таксист у вокзала сделал недовольную гримасу, когда Юрген Ребер назвал конечный пункт поездки — Старый Рынок. Это — пара минут езды, тут и пяти евро не заработаешь. Ребер вышел из машины, дал водителю щедрые чаевые и направился в сторону кафе, в котором они договорились встретиться.

«Не по телефону», — настаивал профессор Шмидт.

Ну хорошо, думал Ребер, пусть его бывший научный руководитель обнаружил, что один раз в одиннадцать лет какой-нибудь человек выходит из коматозного состояния и утверждает, что он инопланетянин, который каким-то образом вселился в тело другого мужчины. Ну и что? Может быть неплохой сюжет для серии «Секретных материалов», но не настолько важно, чтобы не говорить об этом по телефону.

Профессор уже сидел за небольшим столиком, хорошо подходящим для конфиденциальных бесед.

— Моя сестра живет здесь, в Дортмунде, — сказал он после приветствий и подал Реберу меню. — Это значит, что меня сегодня ждет прекрасный ужин и я должен быть в форме. Поэтому ограничусь бокалом вина, но вы, естественно, приглашены. Поешьте. Я угощаю.

Вскоре Ребер понял, что его бывший наставник не позволит ему заглянуть за кулисы своего таинственного поиска.

— Я настоятельно прошу вас предоставить мне всю информацию об этом человеке, — настаивал профессор Шмидт. — И, пожалуйста, не задавайте больше никаких вопросов, это в ваших же интересах.

Ребер не верил своим ушам.

— Вы на самом деле считаете, что я проделал весь этот путь только для того, чтобы услышать подобные слова?

— Я прошу вас верить мне.

— Извините, для этого я должен знать больше.

— Я бы мог все объяснить, — сказал пожилой мужчина, — но потом вы будете проклинать меня за это.

— Все, что я знаю, мне сообщила девушка, которая когда-то работала у вас секретаршей и которую недавно убили. Вы это имеете в виду? — Ребер заметил, что все больше горячится. — Или вы имеете в виду, что я все еще подозреваемый в совершении преступления? Хотя уже и не главный, но все равно подозреваемый? Может, я все же имею право узнать, что это за игра, если уж я одна из фигур на доске?

Профессор пристально смотрел в бокал, как будто на дне его лежали ответы на все вопросы.

— Есть только два варианта. Если я неправ, то не играет никакой роли, узнаете ли вы все подробности моей ошибки или нет. Второй вариант: я прав. В этом случае вы, Юрген, уже и так слишком много знаете. Вы просто сделали не те выводы.

— Вы имеете отношение к убийству этой девушки?

— Нет.

Ребер недоверчиво посмотрел на пожилого ученого.

— Не знаю, можно ли вам верить, — признался он. — Но я не сдамся. Либо вы расскажете мне, что происходит, либо не узнаете имя человека, которого ищете.

— Когда-нибудь я найду его и без вас.

— Хорошо. Тогда и ищите его без меня.

— Юрген... — В голосе Шмидта звучала мольба. Ребер даже ожидал, что профессор положит руку ему на плечо, но Шмидт этого не сделал и просто пристально посмотрел на него. — Мы наткнулись на феноменальное явление, которое в один день может стать совершенным оружием. Не просто оружием, а абсолютным оружием. Вы действительно стремитесь к тому, чтобы вас посвятили в эту тайну? Одна-единственная ошибка — и ваше имя навеки будет связано с самим сатаной. Вы действительно этого хотите?

Ребер скептически посмотрел на профессора.

— Я сделал свое предложение. Решение в ваших руках.

— Мне надо подумать над этим, — ответил Шмидт и положил купюру в 50 евро на стол. — Приятного аппетита. Я свяжусь с вами. И в следующий раз сам приеду к вам. — Он направился к выходу.

Юрген Ребер с удивлением посмотрел вслед профессору, и ему ничего не оставалось, кроме как покачать головой и поставить крест на этом деле. По крайней мере, ему принесли еду, и она выглядела аппетитной.

Немного погодя, все еще пытаясь навести порядок в своей голове, он услышал, что за соседним столом разговаривают про инопланетян. Пять мужчин с цветными бейджиками на груди, которые сами казались пришельцами из другого мира.

Ребер закрыл глаза, глубоко вздохнул и снова открыл их. Мужчины по-прежнему были здесь. Но разговор перешел на путешествия во времени.

Ничего не поделаешь, надо пересилить себя. Он не мог иначе — должен был спросить. Они охотно ответили, что участвуют в конгрессе научной фантастики, который проходит в эти выходные в Дортмунде, всего в двух кварталах отсюда.

— Спасибо, — пробурчал Ребер, сел обратно и подозвал официантку. — Счет, пожалуйста.

Надо скорее сматываться из этого места.

Глава тридцать третья

Прогноз погоды на первое мая не обещал ничего хорошего, и поэтому Ив Леманн решил перенести барбекю в зимний сад. А чтобы не раздражать Вольфганга своим семейным счастьем, — ходили слухи, что его покинула любовница, — он заодно пригласил и всех остальных. Таким образом, этот вечер опять стал обсуждением их заговора.

Все было так же, как и на других подобных вечеринках: поначалу никто не мог дождаться, когда дожарится мясо, и жены отгоняли от шведского стола тех, кто пытался стянуть немного хлеба или салата. И вот, наконец, все готово, божественные куски мяса, довольные вздохи гостей... А уже через четверть часа гости стали отодвигать стулья и откидываться назад, на тарелках оставалось недоеденное, все отмахивались, когда Ив предлагал еще один стейк или его жена — салат, «которого так много осталось». Для пользы пищеварения Лутц уже разливал первые рюмочки шнапса, и зашел разговор на всевозможные темы. Только не о проекте.

— Вы следите за выборами президента во Франции? — спросил Ив, чья семья с давних времен была тесно связана с этой страной.

— Там, кажется, сегодня прошли какие-то массовые демонстрации, — сказал Лутц, — только я не в курсе, в чем дело.

— Левые и умеренные силы были настолько разобщены, что в первом туре никто из них не набрал достаточного количества голосов, чтобы баллотироваться против нынешнего президента. Вместо них во второй тур прошел Ле Пен, — объяснил Ив. — А он настоящий правый радикал. Вернуть смертную казнь, отменить евро и закрыть все границы, — и это еще цветочки в его предвыборной программе.

— Дай-ка угадаю, — предложил Петер Эйзенхардт. — Все разобщенные теперь помирились.

— Да, и не сомневайтесь! Миллионы сегодня вышли на улицу. Ле Пен во втором туре — это как если бы у нас радикальные националисты из НДПГ вытеснили «зеленых» и либеральную СвДП из бундестага. Катастрофа у ворот!

Петер усмехнулся.

— Это никому ничего не напоминает?

Вскоре вся компания, сытая и с хорошим настроением, поднялась наверх в рабочий кабинет Ива. Заперли дверь. Произнесли клятву, которая была их спутником уже — страшно подумать! — целых 28 лет:

Чего мы достигнем в нашей жизни? Единства всего человечества и мира на Земле. Каковы три причины нашего успеха? Мы молчаливы, едины и умны. Но узнает ли кто, как все произошло? Нет, никто, никогда.

Вольфганг при этом незаметно для других скорчил гримасу.

— Ну так вот. Тут наш сигнал, — сказал Петер Эйзенхардт, вытащив из кармана кассету, и вставил ее в стоящий наготове магнитофон. — Лутц, конечно, уже в курсе, потому что это он переделывал мои данные в это, хм, звуковое произведение. — Он нажал на «play».

Послышался глухой ворчливый гул, как от идущего в туннеле поезда, — это было фоновое космическое излучение, нефильтрованное и усиленное в несколько раз. Потом собравшиеся услышали тихий, едва слышный высокий звук — два раза, друг за другом. Пауза. Затем следующий, более низкий звук — три раза. Пауза. Снова первый, высокий. Пять раз.

— 2, 3, 5, 7, 11, 13, 17... Простые числа, — объяснял Петер, как будто они не обсуждали это несколько сотен раз. — Их невозможно создать естественным путем. Идеальный метод показать разумное происхождение нашего сигнала. — Он остановил запись и отмотал пленку назад.

— Наша цель показать *угрозу*, а не разумное происхождение, — проворчал Ив. — Мы нуждаемся в космическом Ле Пене. Наша затея бессмысленна, если они просто скажут: «Классно, наконец-то мы нашли своих братьев по разуму, ура!» — после чего все пойдет по-прежнему.

Эйзенхардт улыбнулся.

— То, что ты имеешь в виду, звучит так. — Он снова нажал на воспроизведение.

Сигнал изменился. Низкие и высокие звуки теперь быстро сменяли друг друга, шли вперемешку и словно бы в бессмысленной последовательности, каждый раз с короткими промежутками. Это было похоже на *титататититититатита татитититататататати* — бесконечный безумный космический сигнал Морзе.

— Промежутки становятся все больше и больше, — заметил Вольфганг. Опытный слух радиоастронома не подвел его.

Петер с удовольствием кивнул.

— Так и есть. Послание из простых чисел заканчивается цифрой 2141. После чего следует 2141 блок данных. Эти блоки, поначалу короткие, со временем становятся все длинней, до тех пор, пока очередь не доходит до блока 1071, с рядом данных длиною в те же 2141 бит. После чего длина данных опять уменьшается. Длина последнего блока та же, что и первого. — Он подал Вольфгангу схему длины блоков. — Что нам скажет специалист? Это послание? И как его понять?

— Похоже на построчную трансляцию изображения. Но оно не прямоугольное, а... какое? Круглое? — Радиоастроном, который ни разу в жизни не принимал участия в проекте SETI, но прочитал всю литературу по этой теме, ломал голову над бумагой. — Либо это шар. Точно! Из этого можно составить шар.

— Кандидат набрал сто очков. — Эйзенхардт засунул дискету в дисковод компьютера Ива. — Если именно так и сделать — собрать все линии в трехмерном пространстве, — получается шарообразное изображение.

Зашумел дисковод. На экране появилось то, что скоро — в качестве послания инопланетян — нагонит неимоверный ужас на весь мир.

Глава тридцать четвертая

— Представьте себе, что произойдет третьего июня, — сказал Петер Эйзенхардт и провел мышкой, из-за чего изображенный на экране шар завертелся. — А вы должны себе это представить, потому что ни один из нас не будет присутствовать при этом. Мы, как и все остальные, узнаем только из новостей, как себя чувствовали те люди, которые впервые приняли такой сигнал из космоса. Сколько времени понадобится для того, чтобы разгадать это послание? Не так уж и много. Несколько сотен высокоинтеллигентных людей с энтузиазмом примутся за решение этой задачи. Им понадобится пара часов, не более. Они соберут полученные сигналы точно так же, как сейчас это делает наша программа, и потом в шоке будут сидеть перед своими компьютерами, когда перед их глазами предстанет *это*.

Три друга Эйзенхардта сидели перед экраном и разглядывали изображение.

— Глобус, — произнес наконец Вольфганг. — Послание состоит из нечетко нарисованного глобуса Земли.

Ив Леманн моргнул.

— И что в этом особенного? Что нам хотят сказать? «Посмотрите на нас, мы здесь были? Мы знаем вашу планету, а вы не знаете, кто мы»?

Эйзенхардт отпустил мышку, и шар перестал вращаться. Это и вправду был земной шар, с толстыми черными линиями, очерчивающими контуры материков.

— Именно это и имеется в виду. Но самое интересное вы увидите, если внимательно посмотрите на экран.

Они посмотрели внимательно. Между толстыми черными линиями было большое количество тонких, которые не совпадали с границами государств. В Северной

Америке, например, множество линий шли от севера Канады до Мексики. Европа была разделена на три неравномерные зоны, без всякого учета существующих границ. Азия походила на ковер из лоскутков, и так далее.

И каждая территория, ограниченная тонкими линиями, была помечена маленьким своеобразным символом. Некоторые из них повторялись. Один и тот же символ, например, помечал Южную Америку — примерно там, где находится Колумбия, центральную часть Египта и Восточное побережье Китая. Некоторые символы были маленькими и простыми, другие — большими и замысловатыми, но ни один из них не напоминал какое-нибудь известное изображение.

— Все эти тонкие линии, — объяснял Петер Эйзенхардт, — никак не связаны с географическими данными. Я очень старался, чтобы так вышло. Большинство линий — совершенно прямые, что и подчеркивает их произвольность. Очень много сил ушло на символы. Я несколько недель изучал всевозможную литературу, чтобы ни в коем случае не употреблять графемы каких-либо земных языков, гербы и тому подобное. Все эти символы выдуманы мною. Что, кстати, безумно трудная задача — придумать сотню символов, которые еще не существуют.

Ив неторопливо откинулся назад, скрестил на груди руки и с уважением посмотрел на Петера.

— Хитро, — произнес он, одобрительно улыбаясь. — Правда, очень даже хитро.

— Наш Петер парень творческий, — улыбнулся Лутц.

Только Вольфганг непонимающе качал головой.

— Уж извините, но до меня не доходит, что бы это могло значить.

Эйзенхардт с удивлением посмотрел на своего бывшего одноклассника.

— В принципе, конечно, это ничего не значит. По крайней мере, я очень старался, чтобы это ничего не значило. Суть дела в том, что это *могло бы* обозначать все что угодно.

— Например?

— Представь себе, как это изображение высвечивается на большом экране в Генштабе НАТО. Представь себе, как распечатки этого изображения выдаются нескольким важным чиновникам, которые сидят за круглым столом в Овальном кабинете Белого дома вместе с президентом и обсуждают, каким образом отреагировать на это послание из космоса. Какое оно производит впечатление? Какое впечатление оно *должно* произвести?

Вольфганг начал понимать.

— Как будто инопланетяне собираются напасть на Землю, — кивнул он. — И словно они уже распределили свои будущие владения.

Его друзья-заговорщики радостно улыбнулись.

— Вот именно, — произнес Петер. — Одна картинка весомее тысячи доводов. И никто не сможет опровергнуть ее. Да и как? С того самого момента, как это изображение, это послание из космоса распространится по всему миру, люди начнут бояться того, что, возможно, их уже подкарауливают где-то там, наверху. Они не признаются в этом, может быть, даже не осознают этого, но они будут бояться — и поэтому начнут объединяться.

Глава тридцать пятая

Бернхарду Абелю не давало покоя то, что его поведение все меньше соответствует его образу мышления. Его мозг требовал, чтобы он что-то сделал, действовал, пришел в движение, — например, попытался найти человека в красной куртке. Но его действия ограничивались тем, что он каждый день, сразу после открытия, шел в библиотеку и беспрерывно читал. Он читал все, ходил между полками, наугад брал книгу, листал ее, ставил обратно, возвращался к каталогу, заказывал книги из хранилища... Чтение стало для него наркотиком, часто он даже забывал о еде. Чтобы заставить Бернхарда уйти, каждый вечер один из сотрудников библиотеки напоминал ему о скором закрытии. Бернхард уходил, но всегда с большой стопкой книг на вечер. Он читал о Диком Западе, войнах с индейцами и о том, как Кортес завоевал Америку. Об эпидемиях, вакцинах и борьбе с оспой. Читал о мировых войнах, изучал планы сражений, углублялся в фотографии концентрационных лагерей. И при этом не имел ни малейшего понятия, почему он все это делает. Бернхард понимал только, что что-то в нем подгоняло и подстрекало его, какая-то одержимость духа. И он ощущал, что время летит, что каждая минута уходит навсегда.

Это ощущение говорило ему, что, пока не поздно, нужно найти ответ на вопрос, который он не мог сформулировать.

Бернхард понимал, что Эвелин волнуется из-за него. Он пытался дать ей возможность принять участие в том, что в нем происходило, но у него это плохо получилось. Время! Он должен читать, найти ответ, решить трудную задачу. Он, и никто другой!

Но в один майский вечер, как раз за день до визита американского президента в Берлин, Бернхард достиг полного изнеможения. Он пренебрежительно бросил книгу, которую держал в руках, на пол и произнес без каких-нибудь задних мыслей:

— Если бы я хотя бы знал, как зовут мужчину, который приходил сюда в ноябре! Молодой человек в красной куртке. Он наверняка знает хотя бы вопрос!

Эвелин озабоченно взглянула на мужа.

— Я, конечно, не знаю, что ты имеешь в виду, но могу сказать тебе, как его зовут.

Бернхард был вне себя от удивления.

— Что?

— Незадолго до Рождества я ходила к доктору Реберу, и он сказал мне, что этого человека зовут Палленс, Армин Палленс.

— О! А почему он мне не... — Бернхард оборвал сам себя и почувствовал, как его организм настроился на новую цель. — Армин Палленс? Есть с чего начинать.

Эвелин некоторое время внимательно смотрела на Бернхарда. Но он больше ничего не сказал, и она продолжила смотреть телевизор.

***

Господин Лембек, директор клиники «Брюкенкопф», раз в месяц обходил разные отделения больницы. Весь коллектив боялся этого обхода, потому что после него всегда появлялась масса различных предупредительных писем, требований написать объяснительную и приказов на доске объявлений.

В этот раз Лембеку пришло в голову осмотреть подвал.

— У нас здесь что, мебельный магазин? — пробурчал он, как только они зашли в помещение рядом с котельной.

— Это осталось после ремонта, — объяснила Ирэна Кочич, которая вытянула не тот жребий и была вынуждена сопровождать Лембека.

— Ремонт? Ничего себе! А можно спросить, когда это было? При мне никакого ремонта не проводили.

— Вроде бы в 1998-м. — Ирэна вздохнула. — В ноябре.

— Прекрасно. И с тех пор этот хлам стоит здесь? — Лембек открыл пыльные дверцы шкафа. — Ну, вы даете, даже вещи из шкафов не убрали! — Он достал рубашку, которая когда-то была белой, но после четырех лет в подвале могла бы служить только в качестве изначального реквизита в рекламе стирального порошка, и сунул ее под нос медсестре. — Вот. Наверняка когда-то принадлежала больному. Как вы думаете?

Ирэна взяла рубашку, внимательно ее рассмотрела и узнала вышитую на ней монограмму. К ним нечасто попадали пациенты с монограммами на одежде.

— По-моему, это рубашка господина Абеля, — сказала она, — который в прошлом году вышел из длительной...

— Я знаю, кого вы имеете в виду. Запакуйте и отдайте рубашку в администрацию, — пускай отправят ему. — Лембек махнул рукой, указывая на шкафы и коробки. — А это надо убрать. Вынести отсюда и распорядиться, чтобы все отвезли на свалку.

Ирэна Кочич неуверенно повертела в руках скверно пахнущую рубашку.

— Не знаю. Может, ее лучше выбросить? Посмотрите, здесь еще пятна от крови, их уже не отстираешь. И на манжете что-то написано ручкой.

Они рассмотрели внутреннюю часть левого рукава. Неразборчивыми буквами было написано: *Ко-аирин*.

Лембек пощупал ткань.

— Ну нет! Это безбожно дорогая рубашка, высшее качество. Отдаст в химчистку, и будет как новая. Отправьте ему, он наверняка обрадуется. — Директор клиники еще раз взглянул на надпись. — Что бы это значило?

Глава тридцать шестая

— Саудовская Аравия. — Лутц Фейдлер покачал головой. — По-моему, это шейхи и нефть. Никак не могу поверить, что они еще и в футбол играют.

— Потому что ты ничего не понимаешь в футболе! — ответил Ив Леманн и с шумом поставил на стол бутылки с минералкой. Была половина второго, и они посчитали, что еще слишком рано для пива. — Саудовская Аравия — трехкратный чемпион Азии. Я, конечно, ничего против наших ребят не имею, но деньги бы на их победу не ставил. — В телевизоре комментаторы обсуждали кадры, обычные для начала матча чемпионата мира по футболу. — Я вообще не могу поверить, что ты пришел: ты ведь всегда равнодушно относился к футболу.

Лутц заерзал в кресле.

— Да ладно. Ты, может быть, еще помнишь, что завтра наш самый важный день. До этого я просто хочу насладиться нормальной жизнью. — Он взял из вазочки пару соленых кренделей. — Я только боюсь, как бы наши инопланетяне не были преданы забвению среди всего этого футбольного безумия.

— Я тоже недавно об этом подумал, — согласился Леманн. — Мы выбрали не самое подходящее время. — Они могли спокойно говорить, потому что жена и дети Ива отправились в бассейн. — Назначать другую дату, наверное, уже поздно, да?

Лутц посмотрел на Леманна как на сумасшедшего.

— Слушай, Ив, кончай! Только за этот вопрос тебя стоит отстегать плеткой. Все пакеты данных выстроены на расположение звезд 3 июня 2002 года. И я уже ввел их в программу. Теперь все, ни шагу назад. Либо мы действуем в понедельник, либо все начинаем сначала! А это нам уже знакомо, не так ли?

Вопрос поднимался не в первый раз, и Иву не хотелось вновь заводить этот разговор.

— Бернхард Абель был невероятно классным программистом, — сказал он. — По крайней мере — до инсульта. И поэтому я принял его на работу. Он был хорошим программистом, а именно такого мы и искали. Что нам оставалось делать? Все ему рассказать?

— Приставить пистолет к виску, чтобы он выдал чертов код. — Лутц махнул рукой. — Да ладно, забудем. Я просто до сих пор не могу успокоиться: как ему удалось так надуть нас? В первую очередь меня. Как я мог не заметить, что он выставил ложные исходные коды на сервере?

Ив ничего не ответил, и они молча уставились в экран телевизора. Там как раз обсуждались качества игроков саудовско-арабской команды.

— Слушай, — сказал Лутц некоторое время спустя, — а ведь бóльшая часть террористов 11 сентября была из Саудовской Аравии. Или не так? Тебе не кажется странным, что это практически нигде не упоминается?

— Да ладно. У меня сейчас нет никакого желания забивать себе голову такими вещами. Давай смотреть футбол, ладно?

Но Ив Леманн уже вспомнил Всемирный торговый центр и последний обед с Бернхардом Абелем, когда тот начал шантажировать его, поведав тихим голосом, каким образом он догадался, что в программы управления встроены функции, абсолютно не связанные с самим устройством, и объявил, что вход в систему, на которую они потратили столько времени и сил, закрыт паролем, известным только ему одному.

«Чего вы от меня хотите? Денег?» — спросил он тогда Абеля.

Когда Ив сегодня об этом вспомнил, реакция Абеля показалась ему чересчур бурной. Интересно, а что, по его собственному мнению, нашел Абель?

«Вы что, не уважаете меня? Думаете, я не знаю, на какое огромное дело я здесь наткнулся? О да, вы заплатите! Но в первую очередь вы заплатите за то, что считаете меня идиотом!»

Странно. И все же, о чем он думал? Он не мог знать об их намерении, иначе, несомненно, сделал бы соответствующие замечания в их предыдущем разговоре, во время которого они обсуждали вероятность разумной жизни в космосе.

В тот день Абель показался Иву неимоверно напряженным. Может быть, это напряжение и послужило причиной его инсульта.

— Как ты думаешь, что будет? — неожиданно спросил Лутц.

— Ты о чем? — Ив подскочил от неожиданности.

Лутц вздохнул.

— Как о чем? Наш сигнал. Послание инопланетян. Сколько пройдет времени, пока об этом начнут писать в газетах? Можно заключать пари. — Он посмотрел на стопку газет, сложенных возле дивана. В самой верхней была статья о проведенном в Пакистане испытании ракеты среднего действия. — А вдруг это поможет предотвратить первую в мировой истории ядерную войну — между Индией и Пакистаном?

Ив Леманн посмотрел на своего друга детства и давнего делового партнера и вдруг осознал всю безрассудность их замысла. Он откинул голову назад, закрыл глаза и почувствовал, как на лбу у него выступил пот. Всего лишь два дня! В понедельник начнется. Бесповоротно.

Хоть бы они не допустили никаких ошибок!

— Боже мой, Лутц! — прошептал он. — Я надеюсь, все получится.

Глава тридцать седьмая

В понедельник 3 июня 2002 года в 17 часов 26 минут Петеру Эйзенхардту позвонил Лутц Фейдлер.

— Телескоп в Аресибо направлен в нужную сторону. Пошло, — сообщил он, после чего сразу положил трубку.

В новостях рассказывали о конфликтах в СвДП, о кормовой пшенице, отравленной нитрофеном, и о предупредительных забастовках работников почты.

У четырех заговорщиков не было никакого сомнения, что в ближайшие дни это кардинально изменится.

Во вторник 4 июня всем позвонил Вольфганг Кренц и торопливо сообщил:

— Вчера вечером, примерно в шесть часов по среднеевропейскому времени, Аресибо запросил подтверждения у обсерватории Джодрелл-Бэнк. К сожалению, я не смог выяснить детали.

— Ничего, — прокомментировал Лутц Фейдлер. — Мы догадываемся, в чем дело.

В новостях по-прежнему преобладали ядовитая пшеница и продолжающийся кризис в СвДП.

— Еще слишком рано, — уверяли себя четверо друзей.

В среду 5 июня сообщалось о взрыве начиненного взрывчаткой автомобиля в Израиле и о том, что председатель партии СвДП Гидо Вестервелле поставил ультиматум своему заместителю Юргену Меллеманну. И ни слова об инопланетном послании!

Но, по крайней мере, не говорилось и о том, что опровергнута соответствующая «утка».

— Даже если поймут, что это «утка», никто не сможет выйти на нас, — успокаивал нервничающих сподвижников Лутц. — После того, как я ввел данные сигнала, все программы автоматически были удалены. А удаленные программы не оставляют следов.

Во второй половине дня речь шла о футбольном матче Германия — Ирландия, в основном о том, как ирландцы сравняли счет на последних секундах. В это время в новостные программы наверняка не попала бы и летающая тарелка, приземлившаяся на газоне у Белого дома.

— Не может быть, чтобы никто не сумел расшифровать сигнал, — заявил Эйзенхардт.

В четверг 6 июня Меллеманн пошел на уступки, нитрофеновый скандал расширился, а израильская армия нанесла противнику ответный удар.

— Вы знаете, чем сейчас заняты специалисты в Аресибо? Интересным вопросом: насколько определенные спектральные изменения в пульсарах зависят от длины волн, — сообщил Вольфганг Кренц своим друзьям. — Ни слова об инопланетянах. В SETI тоже ничего не знают.

— Лутц, ты уверен, что мы послали сигнал? — осведомился Эйзенхардт.

— На сто процентов, — ответил Фейдлер.

— Мы можем его повторить?

— Конечно нет. Я ведь сказал: все программы удалены.

— Что-то не получилось, — подытожил Ив.

***

Во вторник Бернхард Абель вернулся домой и сообщил жене, что после поиска в Интернете, в городской библиотеке и пары телефонных разговоров он нашел адрес Армина Палленса. Таинственный незнакомец, посетивший его в прошлом ноябре, жил неподалеку от Бремена.

— Билет уже куплен, — сказал он. — Завтра я выезжаю.

Что он и сделал. После его отъезда Эвелин обнаружила в почтовом ящике бесформенный пакет из больницы. Она вскрыла его и с удивлением достала оттуда серобелую тряпку, от которой разило подвальной сыростью и пóтом.

Лишь заметив на тряпке монограмму Бернхарда, Эвелин поняла, что это рубашка, которая была на нем во время того самого полета из США, в конце которого его настиг инсульт. В больнице ей вернули мешок с одеждой Бернхарда и извинились за то, что потеряли его рубашку. Тогда ей это было абсолютно безразлично, и она до сих пор ни разу о пропаже не вспомнила.

Рассматривая рубашку, Эвелин обнаружила пятно на одном из манжет. Нет, это было не пятно, а странное слово «Ко-аирин», впопыхах написанное ручкой.

Однозначно — почерк Бернхарда, но абсолютно не его стиль. У него в нагрудном кармане всегда лежала ручка, но он в жизни бы не стал делать заметки на рукаве рубашки.

Хотя... Рассматривая неразборчивые каракули, Эвелин представила себе, как Бернхард сгибается от боли и, чувствуя неладное, из последних сил записывает на манжете чрезвычайно важную информацию, чтобы спасти ее от забвения.

И тут она вспомнила о том, что Вольфганг упоминал кодовое слово, которое они так отчаянно искали.

Глава тридцать восьмая

Их цель заключалось в том, чтобы подсунуть радиотелескопам во всем мире данные, которые бы те приняли за сигнал инопланетян. Враждебно настроенных инопланетян — стоит заметить. В результате человеческое мышление должно было кардинально измениться. Однако это не удалось. Они выслали всю информацию, но никто не принял сигнал.

Вольфганг Кренц догадывался, что произошло. Ему все было ясно. Только Бернхард Абель мог — во второй раз! — расстроить их планы.

Кренц ничего не рассказал друзьям о том, что к нему приходил Абель. Конечно нет, ведь тогда бы ему пришлось признаться, что он выдал их тайну его жене — в безумной попытке вернуть ее.

Вольфганг как раз собирался с духом, чтобы повиниться перед друзьями, как вдруг позвонила Эвелин и с непостижимым простодушием сообщила, что нашла код, который они так долго искали. Каракули на манжете рубашки.

Он даже не положил трубку — только нажал на рычаг телефона и сразу набрал номер Лутца, чтобы спросить, нужен ли ему еще код Бернхарда.

— Ты что, с ума сошел? — мгновенно ответил Лутц. — Конечно, нужен. Только так я получу доступ к его чертову драйверу.

— Но мы ведь поменяли все программы?

— Да, все остальное. Но без этого драйвера ничего не получится, а его написал Абель. И у меня не получилось сделать такой же. Ладно, не тяни, говори код.

— Прописная К, О или ноль, дефис...

— Дефис?! — взвыл Лутц. После чего последовала пара звуков, подозрительно напоминающих удары головой о деревянный стол.

— Лутц? Все в порядке?

— Черт! — прокряхтел его голос. — Не может быть. Дефис! Как я, придурок, об этом не подумал! В общепринятых операционных системах, типа UNIX, в кодовом слове допускаются только буквы и цифры. Как ты понимаешь, я перепробовал все комбинации. А этот прохвост взял и допустил специальные знаки...

***

Когда позвонил Лутц, Ив Леманн планировал свой отпуск и был не в состоянии думать о чем-нибудь серьезном. Радио работало у него с утра до вечера, один выпуск новостей сменял другой. Не передавали только те новости, которые они ждали.

— Привет, Лутц, ты еще жив? — начал Ив.

Его деловой партнер, который не выходил из своего рабочего кабинета с третьего июня, прервал его дрожащим от испуга голосом:

— Ив, мы должны встретиться. Ты слышишь меня? — На заднем фоне был слышен гул. Лутц явно звонил из машины.

— Что? Ты о чем? Успокойся и рассказывай по порядку.

Практически не выдыхая, Лутц закричал в трубку:

— Вольфганг узнал код. «Ко-аирин» — что бы это ни значило. Я только что часов десять без перерыва анализировал часть нашего управляющего программного обеспечения, которая осталась от Абеля. Ты не поверишь, Ив! Под Интернетом есть что-то наподобие второго уровня. Типа двойного дна. Я даже не знаю, как описать, — это нечто вроде программы, действующей внутри процессоров! Она очень хорошо замаскирована. И каким-то образом с помощью этой программы можно следить за коммуникацией всего мира. Я имел дело с невероятно мощной вычислительной системой, которая этим и занимается — следит за всей Землей. Отслеживается каждый долбаный компьютер, каждый чертов чип в процессоре. И знаешь — зачем? Чтобы спрятать такой сигнал, как наш. Кто-то уже как минимум лет тридцать умышленно подавляет каждое измерение, каждый бит — просто все, что указывает на жизнь вне Земли.

— Слушай, Лутц, это ерунда какая-то! — возразил Ив.

В ответ раздался полупомешанный смех.

— А мы все не могли понять, почему процессоры становятся все быстрее и быстрее, а у программ такая же скорость, как и всегда. Они нас сделали, Ив! Я не знаю, кто эти люди, но они проникли во всю компьютерную индустрию до такой степени, что мы себе даже представить не можем. Наверное, эту программу Абель и обнаружил — и подумал, что она — наших рук дело. Но на самом деле его драйвер связан с этой тайной программой... Черт, Ив, наверное, не надо было говорить тебе это по телефону!

В следующую секунду связь прервалась.

Ив с тревогой посмотрел на трубку. Кладя ее, он выглянул в окно и увидел, как перед въездом на их стоянку остановился черный автомобиль и из него вышли трое мужчин в темных костюмах.

Глава тридцать девятая

Они встречали Абеля, когда он вышел из автобуса в маленькой деревушке неподалеку от Бремена. Англичанин по имени Борза и мужчина, приходивший к нему в ноябре. Незнакомец пожал Абелю руку и издал при этом гортанный звук, напоминающий «ммуа-де-хи».

— Очень приятно, я — Абель, — смущенно произнес Бернхард.

Незнакомец улыбнулся.

— Это не мое имя. Это приветствие нашего народа, произнесенное человеческим голосом. Меня зовут Арпа.

— Вы правда не помните? — спросил Борза.

— Нет, — сказал Абель.

— Значит, вы так и не нашли ответ?

Абель устало взглянул на него.

— У меня только вопросы.

Они многозначительно посмотрели друг на друга.

— Пойдемте, — сказал Арпа.

Тихий переулок с маленьким домом был совсем недалеко. Арпа открыл дверь, и изнутри вырвался противный сладковатый запах.

Бернхард почувствовал, как волосы у него на затылке встали дыбом. Это не было похоже на запах давно немытой посуды, нестиранного белья или невынесенного мусора, который можно встретить в хозяйстве холостяка. Это был жуткий смрад.

По всему дому стояли стеклянные террарии, забитые невероятным количеством крыс. Серые движущиеся массы заполняли каждый сантиметр пространства. Крысы ползали друг по другу, прижимали своих сородичей к стеклу, практически давя друг друга до смерти. Отгрызенные хвосты, гноящиеся раны, вырванные клочья шерсти были самыми безобидными последствиями жестоких столкновений. Стоило только присмотреться повнимательней, и на дне ящиков можно было увидеть слой неподвижных животных — очевидно, мертвых.

— Это моя, кажется, седьмая попытка, — объяснил Арпа как ни в чем не бывало. — Я начинаю с пар так четырех — пяти, и моментально получается вот это. Невероятно, да?

Стеклянные ящики стояли везде, в каждой комнате. В гостиной оставалось место только для дивана и телевизора, в спальне — для узкой кровати. Между собой ящики соединялись металлическими трубками, из которых раздавался звук сотен скребущих лапок. В некоторых местах были установлены маленькие жужжащие аппараты, — очевидно, они снабжали всю систему воздухом. По всему дому раздавались тихий писк и шипение.

Абель закашлялся.

— Что все это значит?

— Я пытался найти решение проблемы, — сказал Арпа и бережно провел рукой по одному ящику, — но попусту потратил время. Упустил свой шанс. Я не обнаружил ничего, что нельзя было бы выявить с помощью элементарных математических вычислений. Так всегда бывает при слиянии: ты прибываешь сюда — наивный, как новорожденный ребенок. Но, в принципе, не стоит пытаться сделать это таким образом.

— Пытаться сделать *что*?

— Найти решение человеческого вопроса. Чтобы оно было не таким, как у *решительных*. — Арпа вздохнул. — Люди и крысы очень похожи друг на друга. Оба вида всеядные, могут существовать в любых климатических условиях. И оба на удивление умные, — их почти невозможно истребить. — Он ласково похлопал по кормушке. — Я подкармливаю крыс, чтобы повысить их продуктивность до уровня людей, и снабжаю их половыми гормонами, чтобы скорость их размножения пропорционально соответствовала человеческой. И слежу за тем, чтобы ни одно животное ни в коем случае не сбежало. Это очень важно. Они неспособны держать равновесие. Если они не смогут преодолеть поставленные перед ними барьеры, то рано или поздно они все вымрут.

— Жестоко, — сказал Абель.

— Это именно то, что *решительные* делают с людьми, — возразил Арпа.

— Что за *решительные*?

Борза поднял руку.

— Мы хотели показать вам все это, чтобы вы наконец-то поняли. На вас возлагались большие надежды, Коаирин. До вас никому не удавалось настолько совершенное слияние. Если даже вы не нашли ответа, то, к моему глубокому сожалению, его и не существует.

— Ответ? На какой вопрос?

— Мы надеялись, что вы найдете способ остановить экспоненциальный дрейф. Думали, что если нам удастся понять людей изнутри, то мы найдем другой выход, нежели уничтожить их.

Арпа кивнул.

— Ничего не остается, как предоставить *решительным* свободу действий.

— Но почему? — спросил Бернхард. (Нет, он не Бернхард Абель. Уже нет. Его зовут Коаирин!) — Почему *решительные* делают это? Из-за чего они хотят уничтожить людей?

— Они делают это из-за расчета Немезира, — ответил Борза.

Глава сороковая

Юргена Ребера вновь вызвали на допрос в Берлин, и снова это ничего не дало. Потом, без особой надежды и только потому, что он уже был в городе, Ребер позвонил профессору Шмидту, и по неизвестной причине тот согласился ответить на его вопросы.

После краткого приветствия его бывший научный руководитель спросил, знает ли он, что такое меметика. Ребер ответил, что нет, и Шмидт начал быстро говорить, словно хотел объясниться, пока не передумал.

— Приведу пример. Вы наверняка когда-нибудь общались с человеком, который обязательно хотел рассказать вам о своем Боге или убедить вас в своих политических пристрастиях?

— От таких не скроешься, — кивнул Ребер.

— Хорошо. Положим, мы рассматриваем не способ передачи мыслей между людьми, а сами мысли. Если, например, кто-нибудь придерживается религиозной точки зрения, согласно которой он должен убеждать других в своем мировоззрении, то такая точка зрения — что-то наподобие компьютерного вируса: совокупность убеждений с целью распространения их от одного разума к другому. При этом не имеет никакого значения, что это — религия, политические убеждения, распространяющаяся мода или мелодия, которая не выходит из головы, — меметика допускает всевозможные сочетания представлений, мыслей, идей, которые могут воспроизводиться в следующем разуме. Такое сочетание называется мемом. Мемы — это базовые единицы нашего разума и нашей культуры, точно так же, как гены — базовые единицы нашей биологической жизни. Как и вирусы, они распространяются и размножаются в живых организмах, при передаче претерпевают мутацию и борются за место в нашем сознании, — то есть тут действует своего рода эволюционный процесс по Дарвину. Согласно этой теории, мы всего лишь носители мемов. Хозяева этого «вируса».

Юрген Ребер задумался над услышанным.

— Если воспринимать эту теорию всерьез, то она сама тоже мем. Не так ли?

— Вот именно, — кивнул профессор Шмидт. — И она как раз пытается размножиться в вашем мозге.

— Интересная теория. Но, честно говоря, я не совсем понимаю — какое она имеет отношение к моему пациенту, который утверждает, что он инопланетянин? Или — почему вы делаете вид, что это нечто опасное?

Профессор посмотрел на Ребера как в былые времена, когда слышал от него какую-нибудь глупость.

— Ну подумайте. Все пациенты вели себя совершенно одинаково. Все вышли из продолжительного коматозного состояния и стали считать себя инопланетянами. Все они использовали термины вроде «экспоненциальный дрейф» и «расчет Немезира», и никто не мог объяснить, что это значит. Если мы не исходим из того, что они *на самом деле* инопланетяне, проникнувшие в человеческое тело, то единственное объяснение их состояния — мы имеем дело с мощным мемом, который способен преодолевать огромные дистанции во времени и пространстве. И который предельно эффективен, — ведь он практически полностью уничтожает прежнюю личность пострадавшего.

— Это, конечно, очень интересно, но...

Шмидт прервал его решительным движением руки.

— Это аналогично компьютерному вирусу. Благодаря способу своего действия столь мощный мем может стать совершенным оружием. Самая современная боевая техника, огромные армии, даже ядерное оружие — ничто по сравнению с полным контролем над человеческим разумом. Таким образом можно заставить солдат сложить оружие и не дать их командующим нажать на решающие кнопки... А о возможностях в сфере экономики я даже не хочу говорить. Тот, кто разгадает механизм этого мема, будет господствовать над миром.

Юрген Ребер посмотрел на своего бывшего научного руководителя и почувствовал себя неуютно. Их разговор принял жутковатое направление. Это напомнило Реберу «Звездные войны» — тот момент, когда Дарт Вейдер пытается перетянуть своего сына Люка Скайуокера к себе, на темную сторону Силы, и говорит: «Люк, вместе мы будем править всей Галактикой!»

— М-да, очень интересно... — вяло произнес Ребер.

Старик, очевидно, свихнулся. Надо поскорее уходить отсюда. И больше никогда в жизни он не будет заниматься вещами, которые его не касаются.

Только надо что-нибудь придумать. Отвлекающий маневр.

— Но почему лишь раз в одиннадцать лет? Вы задумывались над тем, что бы это могло значить?

— Солнце, — ответил его собеседник. — По-моему, это связано с Солнцем. Может быть, какой-нибудь электромагнитный феномен. У меня есть один знакомый, научный журналист, он подкинул мне эту идею. Он, кстати, скоро придет: хочет познакомиться с вами. Единственный естественный цикл, который длится одиннадцать лет, — это солнечный цикл. Каждый «инопланетянин» обрел сознание приблизительно через девять месяцев после максимальной степени активности солнечных пятен. В последний раз эта активность достигла своего пика в конце 2000 года, значит, очередного обретения сознания следовало ожидать в августе 2001-го.

Ребер воспроизвел в памяти календарь, и у него невольно мурашки пробежали по коже, когда он осознал, что к моменту обретения Абелем сознания тоже прошло девять месяцев.

Внезапно открылась дверь. И хотя на вошедшем не было зеленой куртки, Юрген Ребер сразу же узнал его. Это был тот человек, которого он встретил на лестничной площадке, и тот, с кем Вера Фельдхаймер разговаривала в баре. И тот, который, скорее всего, ее убил.

— Вы! — не удержался Ребер.

Незнакомец как-то странно улыбнулся.

— Видимо, я как раз вовремя, — сказал он.

Глава сорок первая

— Немезир был... — Борза прервался и покачал головой. — Какая гадость — быть вынужденным объясняться человеческим языком! Эти неудобные человеческие слова! Ну так вот, Немезир был ученым, можно так сказать. Изучал людей и их задатки. И сделал вычисление, которое с тех пор называется его именем. — Борза положил на стол калькулятор. — Посчитайте. На данный момент количество людей возрастает на 1,6 % за земной год, то есть численность населения увеличивается в два раза каждые сорок пять лет. Если не возникнет никаких преград и останется всего один шаг до переселения на другую планету, то за те же сорок пять лет ее можно будет заселить столь же плотно, как и Землю. За девяносто лет будут заселены уже четыре планеты. И так далее. Это будет экспоненциальный рост, неудержимый, как дрейф континентов. Поэтому мы и говорим об экспоненциальном дрейфе.

Бернхард Абель, который уже начал воспринимать себя исключительно как Коаирина, немного подумал и покачал головой.

— Но ведь требуется больше, чем один шаг, чтобы добраться до других планет.

— Вот именно, что нет, — возразил Арпа. — В этом и проблема.

— Разве? Судя по тому, что я читал, еще далеко не ясно, появится ли вообще возможность, с технической точки зрения, послать робот-зонд за пределы Солнечной системы.

— *Решительные* изо всех сил стараются затормозить научный прогресс. Но люди все равно на пороге открытия секрета преодоления межзвездных расстояний. На самом деле это элементарно просто. И, в принципе, каждый день кто-нибудь может найти решение.

Коаирин задумался над сказанным, но не имел ни малейшего понятия, где искать это решение.

— Даже если так. Вселенная бесконечно велика. Должно на всех хватить.

— Вы неправы насчет величины Вселенной. Она, бесспорно, большая, но количество звезд ограничено.

— Но их больше, чем когда-нибудь кому-либо понадобится.

— Вовсе нет. Вот, например, эта Галактика. В ней приблизительно сто тысяч планет, годных для заселения людьми. Теперь считайте. Умножайте в два раза. Четыре планеты за девяносто лет — то есть в 2100 году, если колонизация начнется завтра. В 2500 году это будет уже более двух тысяч планет. В 2900 году — миллион. А в 3225 году весь Млечный Путь будет населен людьми. — Борза вздохнул. — Численность людей составит тогда уже один секстилион. И остальная Вселенная не сможет противостоять скорости их размножения. Существует порядка ста миллиардов галактик. Этого не хватит и на следующее тысячелетие. Еще до 4400 года люди заселят всю Вселенную.

Коаирин схватил калькулятор и пересчитал. Потом еще раз. Все правильно.

— Не слишком ли просто — так считать?

— Это вычисление, которое сделал Немезир. Самое главное в нем — экспоненциальный рост, все остальные показатели играют второстепенную роль. Будет продолжительность процесса заселения планеты составлять сорок пять, четыреста или четыре тысячи лет — в конце концов неважно. Насколько мы знаем человека, процесс расширения им своей среды обитания со временем только ускорится. Или я неправ? Они такие. Оптимизация, ускорение. Они это любят. И, — добавил Борза, — большинство этих миров не жаждут быть заселенными, — они уже заселены.

Войны. Эпидемии. Насилие. Да, правда, люди так же жестоко относятся к своему собственному виду, как и к другим.

— Человек возьмет другие галактики силой, — согласился Коаирин. — Самое позднее — когда не останется свободных планет.

— А кто сможет противостоять армии численностью более пятидесяти септиллионов человек? — Борза кивнул. — *Решительные* не готовы ждать до тех пор. Они намерены предотвратить такое развитие событий. По их словам, действовать необходимо сегодня. И все, что для этого нужно, — не выпускать людей за пределы данной планеты. Тогда экспоненциальный дрейф приведет к их собственной гибели, и опасность для Вселенной будет предотвращена.

В это же мгновение Коаирин осознал весь замысел. Он вспомнил все. Его сородичи были здесь, на Земле. И их было много. Но они выбрали не слияние, а поглощение. При этом разум человека беспощадно уничтожался, а его место занимал разум захватчика. Со всеми воспоминаниями, полностью работоспособный. Но это был разум чужого существа, неспособного понять мышление человека. Они поглощали людей, находящихся в правящих кругах, и, заняв их место, преследовали свои цели.

— Но что теперь будет? — спросил Абель.

— Ворота открываются раз в одиннадцать лет. Это взаимосвязано с солнечным циклом. Сначала открываются маленькие ворота, через которые можно пройти только путем слияния. Так пришли ты, я, Арпа, мы все. Девять месяцев спустя открываются большие ворота. И уже становится возможным пройти методом поглощения. Что и произойдет. *Решительные* вышлют новые легионы. В последний раз они сосредоточились на Америке, но в этот раз придут и в Европу. — Борза серьезно посмотрел на Абеля. — Они готовы на все, поэтому их и называют *решительными*.

Глава сорок вторая

Начальника отдела Министерства иностранных дел ФРГ Хартмута Дунса беспокоило ухо.

— Как-то свистит странно, — объяснил он ждавшему его шоферу. — Уже целый день мучает. Как будто вчерашний вечер провел на шумной дискотеке.

— А на самом деле-то хоть раз там были? — спросил его шофер с телосложением борца, который терпеливо держал дверь открытой.

— Да ну! Времени ни на что не хватает. — Начальник закинул свой дипломат на заднее сиденье тяжелой бронированной машины и последовал за ним. Когда с грохотом защелкнулся замок двери, свист в его ушах превратился в легкую боль.

В это время шофер сел на свое место, и машина тронулась. Проверка на выезде, — и красно-белый шлагбаум открылся. Ефрейтор из федеральной охранной службы, который контролировал машины на въезде, равнодушно посмотрел в их сторону, — выезжающие машины не вызывали подозрения. Они влились в поток машин и стали одной из его незаметных частичек.

Головная боль нарастала с каждым метром. Хартмут Дунс скривил лицо. Машина ехала спокойно и к тому же была снабжена хорошей подвеской и отличными амортизаторами, но все равно казалось, что малейший толчок, иногда ощущавшийся внутри салона, попадал на оголенный нерв.

Начальник отдела помассировал себе виски и стал смотреть в окно. Ему в первый раз бросилось в глаза, как много в Берлине аптек. А в аптеках были таблетки от головной боли. Он еще ни разу в жизни — из принципа — не принимал таблетки от головной боли, считая себя слишком молодым для этого. Но, боже мой, эта боль в голове!

Дунс открыл дипломат и достал оттуда газету. Из нее он узнал, что в парке возле обсерватории Архенхольд нашли тела двух врачей с огнестрельными ранениями, один из них был известным невропатологом. Белый цвет газетной бумаги резал глаза. Нет, таким образом невозможно отвлечься. Дунс запихал все обратно и защелкнул замок. Закрыл глаза. Невыносимо. С такой головной болью он ни за что не перенесет многочасовой перелет. Не говоря уж о том, что министр рассчитывает на его работоспособность.

Наверняка на борту самолета что-нибудь есть. Таблетки от укачивания, тошноты, головной боли и так далее. Ведь это должно входить в стандартное оснащение самолета. Наверно, это начинающийся грипп. А может, мигрень? Если это мигрень, то он впервые понимает, почему его мать так жаловалась на нее.

Хартмут Дунс попытался расслабиться.

Машина снова притормозила. Красный свет. Толпы пешеходов. Какофония гудков. И вон там, впереди, — опять аптека.

— Не могли бы вы?.. — произнес он через силу и наклонился вперед, поскольку не был уверен, удалось ли ему выговорить эти слова. — Не могли бы?..

Дунс замолчал. Его взгляд упал на худого мужчину в длинном темном плаще, который неподвижно стоял на краю дороги, метрах в двадцати от него, и бесцеремонно смотрел в его сторону. Словно он мог видеть его сквозь тонированное стекло. Словно он точно знал, что там сидит Хартмут Дунс и тоже смотрит на него.

Как будто он его ждал.

В этот момент Дунс был полностью уверен, что этот человек и есть виновник его головной боли. Этот человек был... опасен!

Дунс схватился рукой за спинку переднего сиденья. Черт побери, почему этот шофер не обращает на него никакого внимания? Голос отказал ему, потому что его череп крошился на куски. Им нужно развернуться, скрыться, сделать хоть что-нибудь, лишь бы уйти от этого мужчины в темном плаще.

Вся боль сосредоточилась в одной точке посередине его лба и оттуда вонзалась внутрь головы. А там она превращалась во что-то ужасное, что-то настолько незнакомое, для чего в человеческом языке нет подходящих слов...

Водитель наконец-то сумел перестроиться в безжалостном потоке машин и объехал стройку, на которой, как почти всегда, никто не работал. Он посмотрел в зеркало, — ему показалось, что его пассажир махнул рукой.

— Чем я могу вам помочь, господин Дунс?

Хартмут Дунс, худощавый мужчина в очках без оправы, еще раз махнул рукой.

— Нет, спасибо. Все в порядке.

На краю дороги стоял какой-то тип в темном плаще. Он держал табличку с надписью: «Скоро наступит конец».

— Я просто забеспокоился, потому что вы...

— Все хорошо. Спасибо.

«Экспоненциальный дрейф»

За кулисами

Предварительное замечание

Есть люди, которые вначале читают послесловия и примечания к книге, а потом уж принимаются за основной текст. Я знаю об этом, потому что сам такой. И так как я это знаю, мне хочется убедить вас, чтобы вы сначала прочитали сам роман. Дело в том, что дальше последует описание моей мастерской, взгляд за кулисы этого экспериментального «романа с продолжением» под названием «Экспоненциальный дрейф». Я буду раскрывать тайны. Вы узнаете, где за стеной пустое место, а где она из папье-маше. И что это не мрамор, а только искусно наложенная краска. Или другой пример. Вы знаете, что кролик спрятан под двойным дном цилиндра. И когда фокусник достает ушастого, вы понимаете, как он это сделал, но зато само волшебство теряет свое очарование.

Конечно, можете и не обращать внимания на мою рекомендацию: это ваша книга, вы купили ее и заплатили деньги — и теперь вправе делать с ней все, что хотите.

Однако имейте в виду, что вы лишаете себя возможности — для удовольствия и интереса — просто так прочитать роман. И только потом узнать, какие события и идеи — и какие случайности — связаны с его возникновением. И тогда еще раз перелистать всю книгу.

А то получится, как будто вы купили кассету с фильмом «Шестое чувство» и, перед тем, как смотреть его, начинаете изучать интервью с режиссером и главными актерами, вырезанные сцены и прочие «дополнительные материалы».

Я думаю, вы понимаете, что я имею в виду.

Как все началось

16 августа 2001 года я получил электронное письмо, в котором некий Франк Ширрмахер писал мне, что он прочитал мой роман «Видео Иисус» и тот «произвел большое впечатление». Далее он добавлял, что является издателем "Frankfurter Allgemeinen Sonntagszeitung" и был бы рад со мной познакомиться, а также сообщал, что хочет напечатать статью обо мне в номере, посвященном открытию Франкфуртской книжной ярмарки, и очень сожалел, что его газета до сих пор не обращала на меня внимания.

«Вот это да!» — подумал я.

Какому нормальному человеку не приятно прочитать такие слова?

К своему стыду, я был как минимум настолько же неосведомленным в его мире, как он — в моем, и никогда раньше не слышал имя Франка Ширрмахера. А ведь это было всего лишь электронное письмо, в котором можно утверждать все, что угодно. Кстати, многие так и делают. Поэтому я для начала поискал в Интернете, существует ли в "Frankfurter Allgemeinen Sonntagszeitung" издатель с таким именем.

Такой издатель существовал. Поэтому я написал осторожный ответ, что, дескать, рад вниманию и не против встретиться.

Пару дней спустя зазвонил телефон, и голос, удивительно похожий на голос настоящей секретарши, произнес:

— Я звоню по поводу вашей встречи с господином Ширрмахером. — Далее мы договорились, что я приеду во Франкфурт 28 августа.

Меня каждый раз удивляет, когда что-нибудь начинается несколькими словами на компьютерном мониторе и вдруг превращается в нечто конкретное. В назначенный день я поехал во Франкфурт, зашел во впечатляющее здание с большой синей надписью “Frankfurter Allgemeinen Sonntagszeitung” на крыше и назвал швейцару свое имя. Меня на самом деле ждали. В стеклянном лифте я поднялся на один из верхних этажей, и приветливая секретарь проводила меня в кабинет.

Франк Ширрмахер излучал ту сильную творческую энергию, которую, предположительно, надо иметь, если руководишь всемирно известной газетой. Эта способность всегда производила на меня большое впечатление, — наверно, потому, что мне самому ее недоставало. Мы беседовали. Франк Ширрмахер расспрашивал о моем творческом пути, методе работы, а также о положении дел в научной фантастике Германии, и очень удивился, узнав, что я считаю себя не представителем этого жанра, а обыкновенным автором, в чьих историях по разным причинам время от времени встречаются космические корабли, инопланетяне и путешествия во времени. К моему удивлению, Ширрмахер прочитал не только «Видео Иисус», но и другие мои книги (и они ему даже понравились), и как раз начал читать «Один триллион долларов». Мы обсуждали проект «Геном человека» и то, как технический и научный прогресс меняет наше общество. И обсуждали, не поможет ли научная фантастика — намного лучше, чем «нормальная» литература, — найти если уж не правильные ответы, то хотя бы правильные вопросы.

— У меня есть еще одно дело к вам, — сказал Франк Ширрмахер после часовой беседы. Он произнес это тоном, ясно дающим понять, что мы приближаемся к настоящей цели нашего разговора.

И он поведал мне о своих планах обновить воскресный выпуск “Frankfurter Allgemeinen Sonntagszeitung” и укрепить его положение на высококонкурентном рынке воскресных изданий и других еженедельников. В связи с этим Ширрмахер хотел сделать что-нибудь сенсационное. Что-нибудь новое. Что-нибудь неслыханное. Что-нибудь, чего со времен Чарльза Диккенса никто не делал...

— Роман с продолжением! — догадался я.

Мне кажется, что я испортил ему всю обедню.

По странному стечению обстоятельств незадолго до того я наконец-то прочитал «Оливера Твиста» и еще подумал: как жаль, что жанр еженедельного романа с продолжением вымер, и с каким удовольствием я бы за него взялся. Насколько же это интересно — захватывающе заканчивать каждую главу и знать (нет, конечно, надеяться), что читатель всю неделю будет спрашивать себя: что же произойдет дальше?

Ширрмахер ожидал, что меня придется уговаривать, но вместо этого нашел во мне человека, с радостью согласившегося на его предложение. Я удивился, узнав, с его слов, что с момента выхода последнего романа с продолжением прошло так много времени. Но Ширрмахер объяснил мне, что хотя в двадцатом веке часто печатались такие романы, но это всегда были уже готовые произведения, которые оставалось только разделить на части и подогнать объем глав под каждый выпуск. Он же хотел роман, который на самом деле писался бы из недели в неделю.

— Как вам будет угодно, — ответил я, и с этого все началось.

Ширрмахер поставил условие: роман будет печататься в рубрике «Наука», и поэтому сюжет должен быть связан с наукой.

Но для этого и существует научная фантастика.

— Без проблем, — согласился я.

Не имея в тот момент ни малейшего представления, о чем буду писать, я не сомневался, что мне что-нибудь придет на ум. Зато мне сразу стало ясно, что недостаточно просто раз в неделю писать одну главу, нужно постараться сделать так, чтобы читатель *видел*, что она написана только что. Самая очевидная возможность доказать это — ссылки на актуальные события.

Моя идея вызвала восторг.

— Это смело, — одобрил Ширрмахер.

В дальнейшем мне часто приходилось слышать такие слова, поэтому, пользуясь случаем, хочу отметить, что самым смелым из нас был издатель, который, как-никак, нес ответственность за одну из самых уважаемых газет на Земле. Надо быть именно смелым, чтобы доверить не слишком известному писателю, никогда не работавшему в газете, решение такой задачи. Мне, со своей стороны, нечего было терять. В худшем случае я написал бы произведение, которое не понравилось бы широкой публике. Но на этот риск идешь с каждой новой книгой.

В тот день в кабинете Ширрмахера я был воодушевлен открывающимися передо мной возможностями. Мне это казалось чудом. Ведь всего несколько недель назад я мечтал написать роман с продолжением, — и вот мне предлагают сделать именно это.

— И как долго он будет печататься? — спросил я.

— По вашему усмотрению.

— Ловлю вас на слове! — ответил я.

Ширрмахер сказал, что не имеет ничего против, если этот проект будет длиться лет десять.

— Почему не двадцать? — поинтересовался я. (Как мои читатели заметили, я иногда склонен к экстремальным идеям.)

— Можно и двадцать, — согласился он.

Мы попрощались, намереваясь произвести на свет научно-фантастический сериал в стиле «Санта-Барбары». И сошлись во мнении, что, как бы эксперимент ни завершился, игра стоит свеч.

Подготовительные работы

Уже на обратном пути в Штутгарт я начал разрабатывать структуру сюжета в поисках подходящей основной идеи. И вскоре понял, что это не так-то просто.

Сюжет, который я себе наметил, сильно ограничивал потенциальное поле поиска главной идеи. Поскольку я намеревался опираться на актуальные события, то нуждался в сюжете, который развивался бы медленно. То есть после одного года чтения и в повествовании должен пройти год. Иногда можно отклониться от настоящего времени, но потом его надо будет наверстать. Мое честолюбие не позволяло мне стать первым, кто сдастся. Я нуждался в сюжете, который мог длиться годы или десятилетия.

Кроме того, он должен был развиваться в Германии, дробиться на маленькие части и, конечно, иметь научно-фантастическую составляющую.

Такое за пять минут не придумаешь.

Но мне и не нужно было этого делать.

Как у практически каждого писателя, у меня есть большое количество блокнотов, в которых, наряду с наблюдениями, размышлениями и набросками, содержатся различные идеи. Я стал пролистывать эти блокноты в поисках идеи, время которой пришло, и, наконец, нашел запись от 25 декабря 1995 года, которая гласила: «Сознание инопланетянина обосновалось в теле человека, оно наблюдает / исследует жизнь людей, чтобы приспособиться к ней. (Взгляд со стороны на мир, секс, деньги и т.д.) Дополнительная идея: его преследуют. (Он думает, что знает, кто это.) Альтернатива: постепенно забывает свое происхождение. — Рядом было написано: — А может, это психическое заболевание?»

Звучало неплохо. Если инопланетянин появляется из далекого пространства Вселенной, то должно пройти время, чтобы он привык к жизни на нашей странной планете. Тут недели превратятся в один миг.

Вопрос был в том, что должно произойти дальше.

Через несколько страниц я наткнулся на запись от 30 декабря 1995 года: «Инопланетяне среди нас. У них секретное задание: не дать человечеству возможности научиться преодолевать космические расстояния. Они боятся нашей готовности к экспансии (см. всемирная история). Инопланетяне внедряются в мозг больных, перенесших инсульт (т.к. те беспомощны), а все вокруг думают, что пациенты приходят в себя».

Прочитав эти записи, я вспомнил, какой сюжет пришел мне тогда в голову. Начало романа. Главврач реабилитационной клиники сопровождает во время обхода скептически настроенных членов правления или кого-нибудь в этом роде. Они заходят в отделение, где лежат пациенты в вегетативном состоянии, бюджет на содержание которых планируется сократить, потому что длительный уход за ними считается бессмысленным. Члены правления боятся этих пациентов, напоминающих им живые трупы. По их мнению, эти пациенты все равно никогда не придут в себя. И как раз в тот момент, когда врачу нечего возразить на убийственные доводы, случается невероятное, непредвиденное: один из больных приходит в сознание. Тот, которому суждено было умереть, возвращается к жизни на глазах у начальников. И все становится по-другому.

Да, согласен: кома относится к излюбленным вспомогательным средствам писателей. В повествовании она может быть так же полезна, как потеря памяти, пропавший брат-близнец или потайной ход. Вообще, сюжет уже довольно затасканный. Я помню фильм, — кажется, со Стивеном Сигалом, — где главный герой после семи лет в коме приходит в сознание, делает несколько упражнений йоги, чтобы поправиться, и сразу же отправляется мстить за себя и свою семью... Этот пример послужит мне предупреждением. Я делал свои заметки с намерением всегда опираться на факты. Можно написать весьма интересные вещи, если для разнообразия ориентироваться на факты, а не на то, что насочиняли до нас другие авторы.

Моя исходная идея была таковой: мужчина выходит из комы и считает, что он инопланетянин, который вселился в тело человека. И к тому же сохранил часть его воспоминаний.

Ну хорошо. У него появится много забот, когда он будет пытаться приспособиться к жизни на этой планете, особенно в той ее части, которая называется Германия. Ну и что дальше? Какая у него может быть миссия? Почему он отправился в путешествие на другую планету, в другое тело, в чужую жизнь? К чему все это?

Я решил, что инопланетяне намерены уничтожить человечество. Но не переходят в наступление и не пользуются оружием, а живут среди нас и манипулируют нами. У них это получается настолько хорошо, что мы продолжаем размножаться все дальше и дальше, воюем и враждуем между собой и забываем о действительно важных проблемах. До тех пор, пока экологическое пространство не окажется разрушенным и конец нашего вида уже нельзя будет предотвратить.

Я согласен с теми, кто скажет, что заговоры — не особо оригинальная тема, а коварные инопланетяне — и подавно. Проблема подобных романов и фильмов заключается в том, что непонятно, по каким причинам злые пришельцы пытаются уничтожить человечество. Всевозможными трюками и спецэффектами стараются скрыть тот факт, что у инопланетян на самом деле нет побудительных причин к их злодеяниям.

Но мне в голову пришла мысль о мотиве, который, по-моему, еще ни разу не встречался в литературе. Я окрестил его расчетом Немезира. И, по-моему, стоит потратить отдельную главу, чтобы объяснить, что это такое.

Расчет Немезира

Что, если бы нормальное для нас стремление плодиться и размножаться стало бы ненормальным? Это основная гипотеза моего романа.

Я, конечно, тоже не могу себе представить, как жизнь может не быть направлена на экспансию. Но допустим, что это так. Экспоненциальный рост, который отражается в резко возрастающей кривой роста населения, содержит разрушительный элемент. В первом абзаце книги “The Doomsday Book” Гордон Р. Тейлор описывает бактериальную культуру в пробирке, которая имеет достаточный запас провианта. Сначала она размножается взрывообразным образом, но в конце отравляется своими же отходами, что и дает автору возможность проводить параллели с ситуацией человечества.

Но мы не бактерии, и нам удалось не только опровергнуть мрачные пророчества Мальтуса, но и урегулировать рост населения. По крайней мере, становятся видны первые хрупкие признаки его замедления. Почти в каждой стране мира падает уровень рождаемости, и во многих странах, в том числе и в Германии, рождаемость так низка, что, наоборот, возникает проблема старения и уменьшения численности населения.

Вопрос в том, заметит ли такие тонкости наблюдатель внеземного происхождения. Когда я родился, на земном шаре проживало три миллиарда человек, теперь их в два раза больше. Наш мир еще ни разу не видел столь быстрого увеличения численности населения. Мнимый пришелец, незнакомый со стремлением к размножению и раз в сорок лет проводящий инспекцию нашей планеты, несомненно, придет в ужас от такой скорости.

(Еще один интересный вопрос: насколько всемирное падение рождаемости связано с тем, что мы уже каким-то образом дошли до пределов? И не возьмемся ли мы вновь за прежнее, если нам представится возможность заселить на первый взгляд бесконечные и девственные пространства космоса? Я думаю, что возьмемся.)

Но возникал вопрос: почему внеземной пришелец должен быть озабочен? К тому же, этой озабоченности было недостаточно для моей истории. Ведь для возбуждения острых ощущений и мне надо, чтобы мои условные инопланетяне во что бы то ни стало старались уничтожить человечество.

Для этого необходимо ввести еще одну гипотезу, в которую так же трудно поверить, как и в первую. В этом нет, впрочем, ничего страшного. В конце концов, главное в научной фантастике — расширить границы возможного, натренировать «мускул фантазии». Вторая гипотеза следующая: достичь планет, на которых может жить человек, нетрудно. Наоборот, это очень легко.

Согласно тому, что мы знаем и предполагаем на сегодняшний день, у нас практически нет шансов добраться от Земли до планеты в другой планетной системе. Мы ограничены соотношением скорости света и продолжительности человеческой жизни, не говоря уже о количестве энергии, нужной для подобного путешествия, опасном космическом излучении и столкновениях с микроскопическими объектами, неизбежных при такой высокой скорости.

Современная наука также заставляет усомниться в правильности широко распространенного в научной фантастике мнения, что значительно возросшее население можно будет отправлять в далекие миры Вселенной. Базовые вычисления показывают, что мы имеем дело с цифрами колоссального масштаба. Даже если удастся решить все технические проблемы и мы будем в состоянии бороздить космические просторы на звездолетах, то каждый час должен будет стартовать заполненный до отказа пассажирами космический корабль величиной с океанский лайнер. Конечно, в принципе такое допустимо, но я бы не стал покупать акции компании, занятой этим проектом.

Но что, если все исследования были направлены не в ту сторону? Давайте предположим, что существует возможность с легкостью достичь всех этих далеких и девственных планет, на которых может жить человек. Открытие, которое мы еще не совершили, но которое в любое время можем совершить.

Тому есть большое количество примеров в научной фантастике: звездные ворота, тоннели во времени и пространстве и многое другое. Телесериал «Звездные врата», например, использует все это в своих сюжетах. Конечно же, на привычном для телесериалов низком уровне. А современная физика не только не опровергает эти понятия, но и снабжает нас теориями о «кротовинах» и антивеществе, и тем самым способствует дальнейшим спекуляциям.

Если предположить, что нашим условным пришельцам чуждо стремление к размножению и они не считают достаточно безопасным разделяющее нас в пространстве и во времени расстояние, то у них есть причина опасаться нашего нашествия. Имя «Немезир» сразу пришло мне на ум, как только я начал разрабатывать мой проект. Это должно было быть имя ученого с другой планеты, который первым описал опасность, исходящую от человека. Идея, которая среди инопланетян стала известна как «расчет Немезира» и которая давала основание их враждебному настрою, состояла в следующем:

Вид, возникший на планете Земля, имеет уникальное во всей известной Вселенной свойство неудержимого и экспоненциального размножения. Кроме того, человеку присуще духовное состояние, которое заставляет его рано или поздно преодолевать все ограничения, данные ему природой. В настоящее время этот вид не обитает за пределами своей планеты, но не исключено, что однажды он преодолеет это ограничение и заселит другие космические тела.

Несмотря на невозможность реализации этого на сегодняшний день, соответствующие планы существуют уже давно.

Базовые вычисления показывают, что этот факт представляет чрезвычайную опасность. На данный момент количество людей возрастает на 1,6 % за земной год, то есть численность населения земного шара увеличивается в два раза каждые сорок пять лет. Если не возникнет никаких преград для заселения другой планеты, то за сорок пять лет она будет заселена столь же плотно, как и Земля. За девяносто лет люди заселят уже четыре планеты. И так далее. Это будет экспоненциальный рост, неудержимый, как дрейф континентов. Поэтому можно говорить об экспоненциальном дрейфе.

Количество звезд ограничено. В этой галактике, называемой людьми Млечный Путь, есть около ста тысяч планет, пригодных для жизни. Как показывают расчеты, приведенные ниже, если заселение людей на эти планеты начнется в 2010 году по земному летоисчислению, то в 3225 году вся Галактика будет заселена. Численность людей составит тогда примерно один секстилион. И остальная Вселенная не сможет устоять перед разрушительной силой их размножения. Будем исходить из общего количества в сто миллиардов галактик. Для упрощения расчета можно предположить, что условия жизни там столь же благоприятны, как и здесь, — что, конечно же, не так. Но даже в этом случае в 4395 году земного летоисчисления вся известная нам Вселенная будет заселена людьми.

История человечества богата примерами невероятной жестокости людей по отношению к своим сородичам, не говоря уже об иных представителях живого мира. Исходя из этих фактов, опасность для нас очевидна.

Земной год	Количество заселенных планет
2010	1
2055	2
2100	4
2145	8
2190	16

2235	32	
2280	64	
2325	128	
2370	256	
2415	512	
2460	1 024	
2505	2 048	
2550	4 096	
2595	8 192	
2640	16 384	
2685	32 768	
2730	65 536	
2775	131 072	
2820	262 144	
2865	524 288	
2910	1 048 576	
2955	2 097 152	
3000	4 194 304	
3045	8 388 608	
3090	16 777 216	
3135	33 554 432	
3180	67 108 864	
3225	134 217 728	все планеты Млечного Пути заселены
3270	268 435 456	
3315	536 870 912	
3360	1 073 741 824	
3405	2 147 483 648	
3450	4 294 967 296	
3495	8 589 934 592	
3540	17 179 869 184	
3585	34 359 738 368	
3630	68 719 476 736	
3675	137 438 953 472	
3720	274 877 906 944	
3765	549 755 813 888	
3810	1 099 511 627 776	
3855	2 199 023 255 552	
3900	4 398 046 511 104	
3945	8 796 093 022 208	
3990	17 592 186 044 416	
4035	35 184 372 088 832	
4080	70 368 744 177 664	
4125	140 737 488 355 328	

4170	281 474 976 710 656	
4215	562 949 953 421 312	
4260	1 125 899 906 842 620	
4305	2 251 799 813 685 250	
4350	4 503 599 627 370 500	
4395	9 007 199 254 740 990	вся Вселенная заселена

До какой степени подобный расчет обоснован, не играет никакой роли. Это можно продемонстрировать на примерах из нашей современной истории: для человека во власти достоверные факты не имеют большого значения. Важно то, что этот человек *считает* за правду. Другими словами, «расчеты Немезира» не обязательно должны быть правильными, достаточно того, что инопланетяне *считают* их правильными.

Да и потом — неважно, будет ли срок удвоения населения составлять сорок пять, четыреста или четыре с половиной тысячи лет, — в соотношении с космическими мерками во времени это размножение все равно кажется взрывоподобным.

Вот почему пришельцы решили придерживаться того же способа, что описан в случае с бактериями у Гордона Тейлора. Они рассуждают так: *если мы сумеем держать людей в пределах Земли, то там они расшибут себе головы и сами себя уничтожат. Таким образом мы и избавимся от всех забот.*

Концепция

Я представил свой замысел редакции “Frankfurter Allgemeinen Sonntagszeitung” в следующем виде:

«Наша история начинается с того, что в отделении для ухода за пациентами в коме приходит в сознание мужчина, который несколько лет пребывал в вегетативном состоянии. После столь длительного срока это практически невозможно. Его семья уже потеряла надежду и начала новую жизнь. Люди, стремящиеся к минимизации издержек в здравоохранении, не раз предлагали прекратить лечение. Однако пациент приходит в себя, быстро поправляется и возвращается в мир, который он покинул несколько лет тому назад. Но его ли это мир? Он кажется ему странно чужим. В его воспоминаниях картины прежней жизни смешиваются с теми, которые не относятся к ней, в которых нет ничего из того, что окружает его теперь. Но именно они кажутся ему настоящими. В нем наперебой звучат голоса, но он ничего не понимает из того, что они говорят. И меньше всего он отождествляет себя с тем, что кажется самым элементарным, — со своим именем. Он убежден, что его зовут по-другому.

Этот мужчина начинает считать себя инопланетянином, который вселился в тело человека. Он не может объяснить, почему и как, но воспоминания, которые он считает своими собственными, для него — воспоминания о другом мире. Он наблюдает за жизнью землян не своими глазами, а тело, в котором он живет, кажется ему не его телом. Что ему делать? Где его родной мир? Есть ли возможность наладить контакт с этим миром, чтобы попросить помощи? Для людей вокруг — он безумен. Для невропатолога он — любопытный случай медицинской практики. Его жена отдалилась от него и не хочет иметь с ним ничего общего.

К тому же есть еще один загадочный незнакомец, который преследует его и наблюдает за ним. И, кажется, этот человек знает о нем больше, чем он сам.

И вот как раз в тот момент, когда читатель догадался, что это художественный прием автора, желающего изобразить нашу повседневную жизнь в другом, необычном, ракурсе, дело принимает иной оборот: выясняется, что герой прав. Он действительно чужой в этом мире. Он действительно посланец внеземных сил. И он не один!

Возможно, эта история приоткрывает нам тайну, скрывавшуюся за нашей повседневностью. Среди нас уже давно живут инопланетяне, вселившиеся в тела людей. И они осуществляют таинственный и широкомасштабный замысел, причем с терпением, не свойственным землянам. Наш главный герой встречается с этими существами и узнает, что они прибыли оттуда же, откуда и он. Они открывают ему глаза на то, что он уже почти забыл: цель пришельцев — геноцид. Они селятся среди людей, чтобы способствовать их самоуничтожению. Медленно, незаметно, но, самое главное, бесповоротно. Все люди на Земле должны быть истреблены.

Вы скажете, что враждебные инопланетяне — затасканная тема научной фантастики. Да. Но инопланетяне в нашем повествовании имеют необычный, но, на удивление, логичный повод для своей враждебности. О нем еще ни разу не писали в научно-фантастической литературе. Инопланетяне приписывают нам, людям, роковое свойство, названное ими «экспоненциальным дрейфом», и их страх основан на старом и математически простом вычислении, которое они окрестили «расчетом Немезира».

Наш главный герой — это первый посланник, «поглотивший» человека, не стерев при этом его сознания, — несмотря на все сложности, связанные с этим методом. Он сделал так, потому что не согласен признавать насилие единственным методом решения проблемы человека. Наш герой выступает в роли адвоката человечества и ищет доводы, благодаря которым станет возможно сохранить этот вид жизни.

В связи с его появлением на Земле среди инопланетян разворачивается дискуссия, в процессе которой радикально настроенные сородичи упрекают его в том, что он «заразился» образом жизни людей и поэтому встал на их сторону. Он не истребил все человеческое в своем теле — и значит, попал в зависимость от соблазнов этой формы существования. А наш герой возражает, что если экспоненциальный дрейф есть нечто, чем можно «заразиться», то тогда найдутся и способы, как от него «вылечиться». И в этом случае, с точки зрения этики, необходимо искать метод лечения, вместо того чтобы истреблять больных.

Итак, инопланетяне ведут дискуссию, которая в основе является нашей: они обсуждают разные представления о возможном будущем человечества.

И вот в тот самый момент, когда повествование скатывается к обычному для научно-фантастической литературы заговору, новое направление сюжетной линии ставит все под сомнение. Группа неврологов и исследователей человеческого сознания выдвигают теорию, что люди способны принимать решения и общаться друг с другом на подсознательном уровне. То есть каким-то образом интуитивно договариваться об интерпретации повседневной действительности. И с этой точки зрения можно объяснить не только религию, моду и стили музыки, но и такие явления, как синхроничность и телепатия. Представления, идеи, намерения могут стать в какой-то степени самостоятельными, то есть так называемыми «мемами», которые размножаются, как вирусы, каждый раз находя нового человека-носителя.

Эти ученые полагают, что все, кто считают себя инопланетянами, в действительности поражены одним и тем же вирусом-мемом. И если это так, то, возможно, существует разновидность такого мема, который заставляет пораженных им людей действовать неосознанно разрушительно, — в убеждении, что, для того, чтобы спасти Вселенную, следует уничтожить людей...

Представьте себе историю, которая выходит за пределы всего вышесказанного. Ведь мы только начали говорить о возможных сюжетах...»

Мой замысел был одобрен, и редакция с нетерпением стала ждать его исполнения. Некоторое время мы обсуждали название. Первое, что пришло мне на ум, был термин — «Экспоненциальный дрейф». Он звучит научно, но на самом деле я его придумал. Это понятие, на мой взгляд, связывало представления об экспоненциальном росте и неудержимости. Я имел в виду теорию дрейфа материков, объединение и раскол континентов — одно из самых неудержимых из известных нам движений. Конечно, были и другие предложения, включая название «Человеческий вопрос», которое какое-то время даже было фаворитом, пока мы не решили остановиться на «Экспоненциальном дрейфе».

Можно было приступать к делу. Мне оставалось только придумать, что же, собственно, в этой истории должно произойти.

11 сентября 2001 года

Несколько месяцев я с нетерпением ждал наступления 11 сентября 2001 года. Вопреки всякому здравому смыслу я надеялся, что в этот день произойдет нечто выдающееся. Этот день, в моем представлении, должен был войти в историю.

Как всем известно, так и произошло. Но это было совсем не то, что я имел в виду.

В осеннем каталоге на 11 сентября 2001 года было запланировано появление в продаже моего нового крупного проекта «Один триллион долларов». Я потратил на поиск информации и работу над ним свыше двух с половиной лет. То есть больше, чем на все мои предыдущие книги вместе взятые. Я изо всех сил старался осуществить идею, которую вынашивал на протяжении более четверти века. Это было невспаханное поле, и я делал все возможное, чтобы утвердить за собой право на его разработку. Я написал роман по теме, которая, по-моему, касается каждого человека на этой планете, и сгорал от нетерпения узнать реакцию читателей.

И наконец-то он настал, этот знаменательный день. Прекрасный солнечный вторник. И, как это делают все писатели, я поехал в город, чтобы посмотреть, в каких книжных магазинах можно купить мою книгу и как она там выставлена. В идеальном случае это большой стенд прямо у входа. Или, по крайней мере, высокая стопка книг возле кассы. И как минимум несколько экземпляров на полках с новинками.

Но мои надежды, мягко говоря, не оправдались. Я нигде не смог найти свою книгу. Были какие-то проблемы с доставкой. «Это не мой день», — решил я, не представляя, насколько прав окажусь.

На обратном пути я навестил своего друга Томаса Тимайера — преуспевающего книжного иллюстратора, который сделал обложки к нескольким моим романам. Мы сидели за чашкой кофе и непринужденно беседовали, когда мне позвонили и сказали, чтобы я включил телевизор, «Евроньюс» или CNN. Там передавали, что в Нью-Йорке в одну из башен Всемирного торгового центра врезался самолет.

И так далее. Каждый может рассказать подобную историю.

Помню, я тогда подумал, что в своем романе должен написать и об этом.

Писатели такие, ничего не поделаешь.

Последующие дни я провел перед телевизором как загипнотизированный, пытаясь осознать, что тысячекратно повторяющийся видеоряд врезающихся в башни самолетов — это реальность. Одна половина меня постоянно повторяла: «Каким образом можно внедрить *такое* в роман с продолжением?» Другая — считала все, что было написано прежде, ужасно банальным. Это был конец шоу-бизнеса. Конец боевиков. Никто больше не будет читать романы. И моя книга пропадет в круговороте, который образовался после этого теракта.

Следующие два дня я был не в состоянии написать и пары строк. Но для того, чтобы публикация романа началась во время моего отпуска, требовались четыре главы, из которых у меня готовы были всего две.

Не без усилий я наконец смог оторваться от телевизора и в четверг вечером сел за компьютер. До субботы 15 сентября я написал третью и четвертую главы, еще раз переработал все четыре и с облегчением отправил их на электронный адрес редакции во Франкфурте.

Отпуск был спасен.

Я не сообразил, что только один выпуск придется на время моего отсутствия и я вернусь еще до появления второй главы. Понял я это, только когда приехал обратно домой и лишь один-единственный выпуск “Frankfurter Allgemeinen Sonntagszeitung” лежал в почтовом ящике.

Начало романа с продолжением

Все-таки было приятно на две главы опережать публикацию романа в газете. Тем более, что предстояла Франкфуртская книжная ярмарка, на которой я как автор одного из двух основных произведений, вышедших в издательстве «Люббе», не мог не присутствовать. К тому же наступило время читательских конференций. С середины октября до середины декабря мне предстояло провести не менее двадцати пяти встреч по всей стране. Больше, чем за всю мою прежнюю писательскую деятельность.

Счастливой случайностью оказалось то, что месяцем раньше я не пожалел денег на маленькую игрушку — компьютер Psion. Для тех, кто не очень разбирается в компьютерах, скажу: это вроде ноутбука для хоббитов. Раскладное малюсенькое устройство, едва больше карманного календаря, с крохотной клавиатурой, что, конечно, не для всех удобно. Но мне это никак не мешало, поскольку я все равно печатаю двумя с половиной пальцами.

С тех пор, как я приобрел этот прибор, я стал понимать, насколько сложны и непродуманны обыкновенные ПК. То, что Psion больше не выпускают, много говорит о нас и о нашем мире. Мне повезло, что я успел приобрести один экземпляр. Сегодня рынок заполнен карманными компьютерами в стиле «тамагочи для менеджеров». Говорят, они распознают почерк. Любые, кроме моего.

По возвращении домой я переправил свою рукопись в нормальную систему обработки текста и отредактировал ее. После чего выслал по электронной почте в редакцию газеты.

Мой «запас» продолжений быстро таял. Девятнадцатого октября, за два дня до появления четвертой главы, я закончил пятую главу, а также «запасную», о которой договорился с Ширрмахером, — на случай непредвиденных ситуаций.

Прежде, чем вы спросите, сообщаю — с некоторыми изменениями «запасная» глава стала последней главой романа.

Обучение по месту работы

В поиске информации мне помогал архив франкфуртской газеты. Я был впечатлен, с какой скоростью они отвечали на мои странные запросы. Я узнал больше, чем необходимо, о вегетативном состоянии, радиотелескопах, планетах за пределами нашей Солнечной системы, проекте SETI и ряде других вопросов, которые я какое-то время собирался, но потом все же не включил в роман.

Иногда я получал заблаговременную информацию о статьях, которые были запланированы к печати в отделе «Наука». 27 ноября 2001 года, например, я узнал, что в рождественском выпуске появится статья о формуле Дрейка. Прекрасно! Как раз то, что надо. Я немного изменил сюжет, и в тринадцатой главе романа появились два человека, которые беседовали о возможности жизни за пределами Земли — в соответствии с формулой, названной в честь астронома Фрэнка Дрейка.

Но я чувствовал, что, если ничего не предприму, с историей возникнут проблемы. Начальный размах меня еще продержит некоторое время, но очень недолго, — если я не составлю план дальнейших действий.

Бернхард Абель пришел в себя и все четче понимает, что он — это не он. Поэтому в седьмой главе я ввел нового таинственного персонажа — Арпу, который должен был объяснить моему главному герою его истинную сущность и подоплеки происходящего. Но что произойдет потом?

Вначале выяснилось, что Арпа не намерен делать то, чего я от него хотел. Самоуправство персонажей является феноменом, который часто упоминают писатели, и, мне кажется, мало что может вызвать столь сильное недоумение обывателя.

«Эй! — хочется крикнуть тому, кто утверждает, что он не может ничего поделать с персонажами, которых сам создал. — Проснись! Ты создаешь этих ребят — забыл? Ты сам печатаешь каждую букву, каждое слово на своей собственной клавиатуре. В чем проблема? Просто печатай другие буквы, и получатся другие слова. И перестань скулить!»

Но дело в том, что это не так просто. Когда ты пишешь роман, то изо всех сил стараешься соблюдать внутреннюю согласованность в повествовании. Цель состоит в том, чтобы создать героев, которые кажутся живыми. Это впечатление разрушится, если ты заставишь их действовать иначе, чем им подобает согласно твоим предыдущим описаниям. Конечно, можно просто «писать другие слова». И тем самым заставить боязливого и осторожного героя превратиться в отважного смельчака, который полезет в подвал, населенный плотоядными кобольдами. Но читатель заметит махинации автора, потеряет интерес к книге и отложит ее в сторону.

Нередко эти мелочи имеют непредсказуемые последствия. Предположим, я, ничего особенного при этом не думая, при первом появлении персонажа пишу, что он любит цветы. Просто так, только бы что-нибудь написать. В этот момент это не имеет еще никакого дальнейшего значения. Можно было с таким же успехом написать, что он любит малиновое мороженое, игрушечную железную дорогу или запах хозяйственного мыла. Но, допустим, что через двести страниц ведется погоня и наш герой преследует злодея до цветочного магазина, который я упоминал сто страниц назад совершенно в другом контексте, никоим образом не связывая его с нашим героем. Может быть, мне пришла эта идея, потому что в тот день я купил цветы или получил их в подарок. Но случилось так, что наша — изначально без всякого особенного смысла упомянутая — любовь к цветам приобрела значение. Например, наш персонаж не захочет стрелять в злодея, потому что тот может упасть на горшки с чудесными розами и азалиями. Или — отвлечется, потому что увидит орхидею, которую ищет уже несколько лет, и злодей в этот момент скроется. Главное, что в этой ситуации его любовь к цветам должна в какой-то форме проявиться. В противном случае изначально описанная деталь становится бессмысленной, и согласованность всего повествования будет нарушена.

«Позвольте! — не без основания спросит читатель. — Он ведь, вроде, любит цветы — и все же устраивает резню посреди тюльпанов? Что-то здесь не так!»

Как быть? Либо мы устраиваем погоню таким образом, чтобы его любовь к цветам была заметна, либо возвращаемся назад и меняем изначальный сюжет. Если герой вместо цветов любит халву, то ничто не помешает ему стрелять во все закоулки цветочного магазина по своему усмотрению. Мы также можем превратить цветочный магазин в книжный или хозяйственный. Что лучше подойдет.

Но подходить должно. И это как раз то, что автор имеет в виду, когда говорит, что он ничего не может поделать с тем, что творит его персонаж.

Роман с продолжением намного усложняет эту проблему. В нем невозможно вернуться назад и что-нибудь изменить, как в обыкновенном романе, где до сдачи в печать можно сделать все, что угодно. Ведь предыдущие главы уже вышли из печати. Изменить можно только то, что еще впереди.

Чтобы сильно не затягивать поиски Бернхарда Абеля, я снабдил инопланетян своего рода телепатической способностью, «каналом». Мне показалось, что это оправданно для существ, которые в состоянии внедриться в тело и сознание чужих жизненных форм. К сожалению, это приводит к тому, что Арпа при встрече с Абелем сразу же догадывается, что тот в сложном положении, и должен прервать связь со своим сородичем.

Некоторое время я старался придумать выход. В результате чего мне пришла в голову мысль, что Юрген Ребер, врач, который лечил Бернхарда, узнает Арпу. Таким образом, остается след, к которому я могу вернуться.

К счастью, эта идея пришла ко мне вовремя, и в восьмой главе мне удается ее осуществить: на шее у Арпы появляется родимое пятно.

В середине ноября 2001 года наступил небольшой перерыв в читательских конференциях, и я решил навести порядок в своем сюжете и определить основные сюжетные линии. Если я не хотел, чтобы моя история превратилась во вздорную небылицу, то должен был тщательно проработать тему заговора инопланетян, целью которого являлось уничтожение людей. При этом мне показалось, что было бы неплохо, если б перед тем, как он раскроется, Бернхард Абель столкнулся с другим, более естественным заговором. Жаль, что я понятия не имел, что бы это могло быть.

Вскоре у меня дома завязался разговор. Я уже не помню, из-за чего он возник, но речь шла о том, как все бо́льшая часть нашей повседневной жизни становится виртуальной. Мы говорили о развитии компьютерных технологий, которое, возможно, уже сейчас зашло так далеко, что следующий умный хакер не просто смастерит какой-нибудь вирус, а достигнет практически полного контроля над компьютерной системой, благодаря чему получит возможность уверить нас в реальном существовании чего-то вымышленного. Вся моя семья была в восторге от фильма «Контакт», и мы начали обсуждать вопрос, можно ли сымитировать радиосигналы инопланетян, поймать которые надеются так много людей.

— Допустим, существует заговор радиоастрономов... — начал я, и вдруг мне стало ясно, что это именно та идея для моего романа, которую я искал.

Я сразу же принялся набрасывать примерный план действий для следующих глав, — правда, еще не совсем четко представляя, как все будет развиваться. Я знал только то, что Абель до своего инсульта должен был каким-то образом являться частью заговора радиоастрономов. После тщательного изучения уже напечатанных глав я пришел к выводу, что его бывший начальник тоже может быть замешан в заговоре. Хорошо, что прежние высказывания Абеля не противоречили этой линии сюжета.

Я задумался о масштабах этого заговора. Крупные заговоры обречены на провал, поэтому я искал пути максимального ограничения круга заговорщиков. В конце концов я решил создать группу из четырех человек. Друзья, которые еще в юности поставили себе цель объединить человечество при помощи симуляции космической угрозы. Они не отступили от этой цели и всеми способами стремились к ее достижению и тогда, когда стали взрослыми. Немного фантастично, я согласен, но для этого и существует литература.

Подарки случая

Все время, пока печатался мой роман, у меня было впечатление, что фортуна постоянно улыбается мне и снабжает всевозможной информацией, идеями и подходящими событиями.

К примеру, 28 ноября 2001 года. В этот день я долго ехал из Юлиха в Мёнхенгладбах, где у меня должна была состояться очередная встреча с читателями. Я наконец-то добрался до отеля, принял душ и опустился в уютное кресло. Нажал кнопку пульта управления, телевизор включился, и... На экране два американских астронома рассказывали, что на расстоянии ста пятидесяти световых лет от Земли в созвездии Пегас возле звезды HD209458 они обнаружили планету величиной с Юпитер, и она обладает атмосферой, содержащей натрий.

Это было весьма кстати. Я все не мог придумать, как заставить Бернхарда Абеля понять, кто он, — то есть, что он инопланетянин в теле человека. Я уж чуть было не решился послать его гулять в безоблачную ночь, чтобы он под звездным полотном... и так далее... Но это, безусловно, было намного лучше. Это пошло в ход.

Конечно, можно возразить, что в последнее время то и дело открывают новые планеты. Но по-настоящему невероятное и притом поистине жуткое совпадение произошло 7 января 2002 года, когда астероид 2001 YB5 едва не столкнулся с Землей. Но, в отличие от фильмов типа «Столкновение с бездной», на эту угрозу обратили внимание не за несколько месяцев, а всего лишь за двенадцать дней до пролета астероида. Вскоре после Нового года, когда только что введенный евро все еще был главным предметом обсуждений, я зашел в Интернет и не поверил своим глазам, увидев в заголовках на Yahoo сообщение об этом событии.

В новостях говорили, что астероид прошел на расстоянии, которое в два раза больше, чем от нашей планеты до Луны. И это вроде бы успокаивает. Но впечатление обманчиво. Мы чувствуем себя спокойно только из-за того, что не имеем представления о действительных масштабах нашей Солнечной системы.

Поскольку в газете было довольно мало места, чтобы вдаваться в подробности, я наверстаю упущенное здесь.

Мало кому известно, что в городе Хаген есть единственная в своем роде, точная по масштабу модель Солнечной системы. Я натолкнулся на нее случайно в 1986 году, когда на пару дней приезжал туда, и до сих пор считаю эту идею гениальной. Ведь модель, собственно говоря, — часть города. В башне ратуши есть позолоченный шар диаметром 1,39 метра, который изображает Солнце в масштабе 1:1 000 000 000. Земля в этой модели — диск диаметром 1,25 сантиметра, вделанный в бронзовый щит в тротуаре на расстоянии ста пятидесяти метров от ратуши. Плутон, самая отдаленная от Солнца планета Солнечной системы, находится на расстоянии 5,91 километра от ратуши, за городом. Все остальные планеты — между ними.

Соответственно, расстояние между Луной и Землей на этом макете — меньше сорока сантиметров. А теперь представьте себе следующее: вы гуляете по центру города Хаген, не подозревая, что пилот спортивного самолета, пролетающего высоко над городом, как раз в этот момент по неважным для нашего примера причинам роняет из своей кабины полную бутылку пива. Падая с высоты в несколько сотен метров, этот неплохой снаряд в состоянии сильно покалечить человека. И как раз когда вы стоите на той самой маленькой точке в городе Хаген, которая символизирует планету Земля, эта бутылка разбивается о тротуар менее чем в метре от вас.

Разве вы бы не подумали: «Ух, чуть не попала. Пронесло!»?

Вот видите. То же самое было с астероидом YB5. Чуть не попал. Пронесло.

Без сомнения, все это должно было стать частью новой главы.

Случайность другого рода — фильм «Игры разума». Меня не очень интересуют киноленты с биографическим уклоном, но во “Frankfurter Allgemeinen Sonntagszeitung” вышла большая статья о жизни Джона Нэша, шизофрении и упомянутом фильме. Хорошая критика вызвала мое любопытство, и мы с женой пошли в кино.

«Игры разума» — очень своеобразная картина, и за последние десять лет я ни над одним фильмом так сильно не задумывался, как над этим. В какой-то момент зрителю становится ясно, что он не заметил, как вслед за героем попал в мир безумия. Но и это еще не все. В «Играх разума» невозможно различить, где бред, а где кинематографическая действительность. Этот эффект удался поразительно хорошо и намного лучше, чем любая научная работа, объяснил мне, каким образом проявляет себя шизофрения и как при этом себя чувствует больной.

И, конечно, я сразу же подумал о Бернхарде Абеле, герое моего романа, которого тоже мучают сомнения, является ли он на самом деле инопланетянином в теле человека или он охвачен безумием. Еще во время просмотра «Игр разума» мне стало ясно, что я уделил очень мало внимания второй возможной трактовке повествования — а именно тому, что все это может быть простым помешательством. Но как внедрить этот сюжет в бурно развивающиеся события и одновременно не остановить их и не отстать от реального времени?

В следующие выходные я был приглашен на “AlienCon” в Берлин. За этим названием скрывается встреча любителей фантастики, которая в тот раз состоялась в обсерватории Архенхольд в берлинском районе Трептов. Там мне в голову и пришла идея решить проблему с помощью прямой ссылки на фильм «Игры разума».

На обратном пути из Берлина я написал двадцать шестую главу, в которой отправил Бернхарда Абеля в кинотеатр на тот же фильм, который смотрел и я, и заставил его усомниться, на самом ли деле он инопланетянин или просто-напросто болен шизофренией. После чего я еще больше усложнил сюжет и дал Абелю возможность применить телепатические способности, которые он обнаружил в себе на Новый год, и впервые прочитать мысли своей жены. Таким образом он узнал об ее отношениях с Вольфгангом Кренцем. Одновременно это был мотив и возможность для Бернхарда приблизиться к кругу заговорщиков и раскрыть их тайну.

Начало игры

3 апреля 2002 года я в первый раз листал расписание чемпионата мира по футболу, и мне пришла в голову мысль, что он тоже должен стать частью моего романа. Но каким образом это сделать?

Должен признаться, что я полнейший футбольный невежда. Когда на экране телевизора появляются зеленый газон и мужчины в спортивных трусах и футболках, моя рука машинально тянется к пульту управления. Даже если бы от этого зависела моя жизнь, я не смог бы назвать больше, чем три или четыре футбольных клуба. Короче, в этой игре я вообще не разбираюсь. И чемпионат мира меня совершенно не интересует.

С расписанием мне не повезло. Чемпионат проходил как раз тогда, когда мои заговорщики намеревались осуществить свой план. Обидно, но, возможно, это было и к лучшему: некоторое время я даже хотел, чтобы новость о принятом сигнале не смогла попасть в эфир из-за всеобщей футбольной лихорадки, но потом отверг эту идею.

Чемпионат начался в пятницу, за три дня до намеченного в романе срока. А на субботу первого июня, как я прочитал в вышеупомянутом расписании, была назначена игра между Германией и Саудовской Аравией. Логично, что в воскресном номере от второго июня этот факт должен сыграть какую-то роль. Но какую? Мне предстояло отправить рукопись за два дня до игры во Франкфурте, а напечатана глава будет еще через один день. Неужели я должен предугадать результат игры?

Я изучал всевозможные прогнозы известных знатоков. Команда Саудовской Аравии была трехкратным чемпионом Азии и слыла серьезным соперником. Некоторые сомневались, что немецкая команда добьется большего, чем ничьей.

Как быть? Я долго думал, и мне в голову пришла замечательная мысль перенести описываемые мной события с воскресенья на субботу, то есть на время *до начала матча*. В этом случае я буду избавлен от всех забот об исходе игры.

Как оказалось, это было очень мудрое решение. Немецкая сборная обыграла Саудовскую Аравию с невиданным счетом 8:0. Сегодня я жалею, что не посмотрел игру. После обеда я сидел за письменным столом, и хоть и слышал радостные вопли, раздававшиеся с улицы, не придал им никакого значения и только вечером узнал результат. (В течение следующих недель я все-таки заразился футбольной лихорадкой. Начиная с матча против Камеруна я смотрел все игры сборной и ближе к концу чемпионата даже решил, что Германия сможет стать чемпионом.)

Третьего июня и в последующие дни, — то есть тогда, когда заговорщики ждали реакции на свой фальшивый сигнал, — я усердно собирал материал для следующей главы. К счастью, политика подсобила мне громкими заголовками: господин Меллеманн развернул драматическую борьбу за власть в СвДП; обнаружили отравленную нитрофеном пшеницу; произошли теракты в Израиле.

Кроме того, я нашел в Интернете страницу радиотелескопа в Аресибо, на которой можно было прочесть, чем занимались там в первых числах июня. Трое ученых — Стинебринг, Кордес и Маклолин — работали над проектом под кодовым номером P1598ds и под названием “Multi-wave length behavior of pulsar scintillation arcs”.

Все это стало частью тридцать седьмой главы, самой злободневной во всем романе.

Конец игры

Мы говорили о том, что герои романов часто начинают жить своей жизнью. А в романах с продолжением может случиться так, что они пропадают и забываются. Таким персонажем был директор клиники Эберхард Лембек, — после второй главы он пропал. Я хотел, чтобы он играл роль противника доктора Ребера, но Ребер пошел своим путем и, вопреки моим замыслам, по ходу романа превратился в одну из главных фигур. Нечто похожее на ситуацию с Лембеком произошло и с медсестрой Ирэной Кочич, которая упоминается во второй главе и появляется в третьей. У меня была пара смутных идей насчет любовного романа между ней и Бернхардом Абелем. Но, наверное, хорошо, что из этого ничего не вышло.

Как-то раз я обратил внимание, что давно не виделся с этими двумя героями. Я знаю, что мог бы обойтись и без них. И если бы это был обыкновенный роман, то я вернулся бы к началу и сократил, изменил или вообще вычеркнул главы, в которых они появляются. Но это не был обычный роман. И поэтому мне надо было придумать что-нибудь, чтобы оправдать существование Эберхарда Лембека и Ирэны Кочич. Вот почему именно они в тридцать пятой главе нашли старую рубашку с записанным на манжете рукава кодом.

Но незадолго до Троицы случилось то, чего я так долго опасался. Я получил электронное письмо из Франкфурта, в котором меня оповещали: роман приближается к кульминации событий, и хотя сотрудники редакции все еще убеждены в исключительности проекта, но все же задумываются над тем, «что его надо привести к благополучному концу».

Это не стало для меня неожиданностью. Незадолго до этого несколько рубрик и постоянных колонок, которые я читал с большим удовольствием, прекратили свое существование. Раздел «Наука» сократили на две полосы, а мой роман с продолжением перенесли с последней полосы на менее привлекательную вторую. Кроме того, редактор сообщал мне о финансовых трудностях на газетном рынке из-за всеобщего сокращения бюджета на рекламу.

И главное — должен признаться, что мой роман с продолжением не вызвал всеобщего восторга.

В ответе я написал, что, конечно же, покоряюсь решению редакции, хотя с легкостью мог бы продолжать в том же духе ближайшие года три — четыре. И какая там кульминация? Разгадка заговора должна была стать всего лишь подготовительной площадкой для следующих глав. Ну да ладно, теперь, по крайней мере, надо довести до конца основные сюжетные линии.

Таким образом, чтобы написать последние главы романа, пришлось поскрести по сусекам, в которых были накоплены плоды моей многомесячной работы. И это должно было уместиться всего на нескольких страницах! Для спецэффектов оставалось мало места, и моя главная задача состояла в том, чтобы все мои мысли были предельно понятными для читателя. Например, я надеялся, что смогу уделить расчету Немезира по крайней мере десять глав. Но теперь приходилось довольствоваться одной. Интересная тематика меметики тоже осталась едва упомянутой. Без сомнений, и из нее можно было сделать нечто большее.

На сорок второй главе и дате 14 июля 2002 года роман с продолжением «Экспоненциальный дрейф» закончился.

Почему я не изменил и не продолжил свой роман для книжного издания? Я рассматривал такую возможность, но все же решил не делать этого. Роман был интересен как эксперимент — как гонка со временем и попытка вплести события реального мира в вымышленные действия. Все это отпало бы, если б я продолжил придуманную мной историю еще на сто страниц или стал рассматривать написанное мной ранее как сырьевой материал для нового романа. Я не хотел ни того ни другого, — лишь решил поведать тайны мастерской и рассказать читателям приключений Бернхарда Абеля о том, как они возникли.

Андреас Эшбах

ЭКСПОНЕНЦИАЛЬНЫЙ ДРЕЙФ

Роман

Редактор
Ирина Богат

Верстка
Валерий Кечкин

Корректор
Анна Танчарова

Художественное оформление
Григорий Златогоров

Издатель Ирина Евг. Богат
Свидетельство о регистрации
77 № 006722212 от 12.10.2004

121069, Москва, Столовый переулок, 4, офис 9
(рядом с Никитскими Воротами,
отдельный вход в арке)

Тел.: (495) 691-12-17, 258-69-10. Факс: 258-69-09
Наш сайт: www.zakharov.ru
E-mail: info@zakharov.ru

Подписано в печать 11.11.2008. Формат $84 \times 108^1/_{32}$.
Бумага писчая. Усл. печ. л. 9,24.
Тираж 2000 экз. Заказ № 881.

Отпечатано с готового оригинал-макета
в ОАО «ИПП «Уральский рабочий»
620041, ГСП-148, г. Екатеринбург, ул. Тургенева, 13.
http://www.uralprint.ru
e-mail: book@uralprint.ru